陕西省委宣传部重大文化精品

剑 无 痕

献乐谋 著

西安出版社

图书在版编目（CIP）数据

剑无痕/献乐谋著.— 西安：西安出版社，2019.1（2021.5重印）
（"陕西青年作家走出去"丛书）
ISBN 978-7-5541-3161-9

Ⅰ.①剑… Ⅱ.①献… Ⅲ.①长篇小说–中国–当代 Ⅳ.①I247.5

中国版本图书馆CIP数据核字（2019）第024092号

JIAN WUHEN
剑 无 痕

著　　者：	献乐谋
出版发行：	西安出版社
社　　址：	西安市曲江新区雁南五路1868号影视演艺大厦11层
电　　话：	（029）85253740
邮政编码：	710061
印　　刷：	永清县晔盛亚胶印有限公司
开　　本：	889 mm×1194 mm　1/32
印　　张：	8
字　　数：	171千
版　　次：	2019年1月第1版
印　　次：	2021年5月第2次印刷
书　　号：	ISBN 978-7-5541-3161-9
定　　价：	39.00 元

△ 本书如有缺页、误装，请寄回另换。

序

贾平凹

正是天寒地冻万物凋敝时节，读到十位青年作家的书稿令人欣喜与温暖。这批作家的写作有想法也有锐度，如同一道亮丽的风景，让人感受到文学的蓬勃力量。

陕西青年文学协会成立几年来，在团结文学青年方面做了很多实实在在的事情。"陕西青年作家走出去"丛书的编辑就是一项令人感动的事情。第一辑丛书我看过，整体水平高，社会影响大，在推动陕西青年文学写作方面起到了凝心聚力的积极作用，也向外界集中展示了陕西文学的新力量。如今，第二辑丛书再次推出十位青年作家，颇有长江后浪推前浪的气势。事实上，他们中的很多人在文学创作上已经取得了不俗的成绩。这次，"陕西青年作家走出去"丛书（第二辑）被列为陕西省重大文化精品扶持项目，就说明了他们的创作得到了认可，可喜可贺。静心翻阅十本风格迥异的作品，他们的文学才情令人感叹。这些作品无论是写乡村还是写城市，无论抒情还是言物都有显著的特点。他们对于现代化冲击下的社会突变、世相百态和复杂人性把握得比较到位，看得出是有深厚文学积淀的。他们在写作技艺上的探索与尝试不拘泥于传统，精到而又大胆。既有传统的现实主义叙事，又融合了荒诞、象征等现代主义笔法。作品意象飞驰，胸怀远方，呈现出陕西青年文学富有时代活力的精神向度。整体阅读这十本书，很有冲击力。

有人说文学正在被边缘化，但通过一批批写作者不难看出，文学自有它的天地归宿。因为文学书写的是记忆生活，是一件打开灵魂通透人心的事情。文学的美是所有艺术形式里最能激荡人心的美。我想，即使在未来的智能化时代，文学的功用也不会被取代。

所以我们常说生活是文学的源泉。只有深入生活，才能创作出既有时代精神，又有思想深度和生活温度的作品，才能引起读者的共鸣从而产生社会影响。在互联网时代，信息的获取快捷丰富却又复杂多变。如何保持清醒的态度建立自己的文学写作观念值得大家思考。现在的一些文学作品的确精巧、华丽，读起来也有快感，但缺少筋骨和力量，说透了就是缺乏打动人心的感染力。我想，在这样一个众声喧嚣的思想体系里，写什么和怎么写不仅仅是青年作家面临的困惑和难题，也是我长久思考的问题。文学不仅反映生活，也要照亮生活。这大概就是文学的神圣与伟大之处。

当下，陕西的文学氛围非常好。省委、省政府高度重视文学事业，资助"百优作家"，号召文学陕军再进军。所以，耐下性子，静下心来，关注现实生活，关心国家命运，以甘于坐冷板凳的心态踏实写作，就一定能写出好的作品。我相信几十年后，再看这些作品，就会更深刻地理解"陕西青年作家走出去"的深远意义了。

（贾平凹，中国作家协会副主席、陕西省作家协会主席）

担当时代使命 勇攀艺术高峰

钱远刚

陕西是文学的沃土,青年是文学的希望。青年作家的成长成才一直是文学界重点关注的话题。陕西青年作家对文学坚持不懈的执着追求、扎实稳健的步伐、深切的生命体验与独特的审美意识展现出充满朝气、昂扬向上的蓬勃英姿。按照"出人才出精品"的要求,陕西省作家协会高度重视对青年文学人才的培养,不断完善工作机制,探索创新方法,千方百计地为青年作家的成长成才搭建平台、提供机遇,使陕西作家队伍呈现出文学发展新气象,成为文学陕军新生力量。

党的十九大描绘的"两个一百年"奋斗目标、开启中国特色社会主义建设的新征程,党和国家事业取得了历史性成就和历史性变化,为文学作品的创作提供了丰富的滋养,广大青年作家和文学工作者要与人民同在,与时代同行,与改革同向,与发展同步,自觉践行和弘扬社会主义核心价值观,坚持远大理想、提升思想境界、加强人格修养、拓宽文学视野,用心用情用功抒写我们伟大的时代,才有可能创造出展示时代风云际会、反映人民群众生活的优秀文艺作品!

气象万千的新时代属于每一个人，人人都是新时代的见证者、开创者、建设者。在习近平新时代中国特色社会主义思想指引下，陕西省委提出了大力推动"文学陕军再进军"的战略部署，我省文学事业繁荣发展，文学界精神面貌焕然一新，文学创作出现了前所未有的大好局面，这为青年作家提供了大有作为的用武之地。青年作家更要志存高远，克服"浮躁"，坚持以人民为中心的创作导向，深入生活，扎根人民，坚定文化自信，自觉向大师学习、向经典学习、向人民学习、向实践学习，守正出新，再创佳绩，努力攀登文学艺术新高峰。

去年，在省委宣传部指导下，在陕西省作家协会的支持下，陕西省青年文学协会面向全省青年作家公开征集作品，经过专家学者认真评选，共有十位陕西青年作家入选"陕西青年作家走出去"丛书第一辑，在文学界取得了良好的反响。今年，该丛书再次面向全省青年作家公开征集优秀文学作品，引起广泛关注，并被省委宣传部列入2018年度陕西省重大文化精品扶持项目。这是唱响做实新时代"文学陕军再进军"的一个重要举措，彰显出陕西新一代作家逐渐走向成熟，预示着陕西作家人才辈出，文学新人在具有厚重的历史文化、丰富的革命文化、灿烂的先进文化的三秦大地茁壮成长。

这次应征入选的"陕西青年作家走出去"丛书第二辑十本书摆放在案头，我一边翻阅着青年作家的辛勤之作，一边不禁为之欣喜。这些作品无论是描写现实题材的小说，还是抒情言志的诗歌，抑或是行文优美的散文、犀利尖锐的评论等等，无不体现出个人写作的进步与超越。他们不因为代际、职业和身份等问题，而缺少对世界的独特感受与敏锐观察。在不同的文学领域，他们表现出起点高、潜力大的特点，文学作品整体上呈现出丰富性和多样性。黄朴的小说集《新生》生动地描绘了城乡社会的众生之相，独特地展现了人性深处的幽微和光芒。武丽的小说《明镜》采用第一人称叙述，笔触精致，情节跌宕起伏，展示社会上特定群体不为人知的一面。刘紫剑的中短篇小说集《二月里来好春光》则多维立体地揭示了日常琐碎中各色人物的生存真相与悲喜故事。王闷闷的中短篇小说集《零度风景》用传统的文化底蕴和现代文本意识，表现当下社会高速发展下存在的问题，以及人与天地与万物的相抵触又相融合的矛盾复杂的心理。毕堃霖的诗集《月亮玫瑰》中一个个自然的物象，在她灵动的笔下，被赋予更生动更多义也更纷繁的诗学意义。穆蕾蕾的诗集《倾听存在的河流》折射出她精神探索的轨迹，随处可见她伫于一物一思而成的诗絮。刘国欣的散文集《次第生活》主要是对生活的内观活动，尤其对童年生活、民间陕北的文化记忆进行了观照。曹文生的散文集《故园荒芜》以故乡为载体，写乡人和事物在现代化冲击下的突变。王可田的评论集《诗观察》通过不同角度、整体性的观察、论述方式，对不同年龄段的活跃在诗坛上的陕西诗人进行了详尽、客观的解读和阐释。献乐谋的网络文学《剑无痕》以沈无眠为父报仇的桥段作为主线，体现出了天外有天、山外有山的感觉。这些作品在显露作者文学才华的同时，对于更新文学观念、传承与思索文学技艺、扩展文学疆域都做了有益的探索与尝试。

这是一个生机勃勃、千帆竞发的新时代，更是孕育文学作品、催生艺术精品的新时代。陕西的青年作家应该勇立潮头，敢于担当，肩负重任，坚持以人民为中心的创作导向，记录新时代，抒写新篇章。要抓住2019年中华人民共和国成立70周年、

2020年全面建成小康社会等重要时间节点，深入挖掘人民群众的豪迈激情和奋进历程，潜心创作出一批讴歌党、讴歌祖国、讴歌人民、讴歌英雄的文学作品，为实现中华民族伟大复兴的中国梦和陕西追赶超越提供强大的精神力量！

（钱远刚，陕西省作家协会党组书记、常务副主席）

目录

01	第一章	腥风剑客
27	第二章	天下第一
47	第三章	雪海飘香
65	第四章	风雷逐月
85	第五章	八卦珍珑
103	第六章	秋水无痕
121	第七章	胜者王侯
145	第八章	神刀风雨
185	第九章	利刃归鞘
205	第十章	三载春秋
227	终　章	尘埃落定

第一章

腥风剑客

血雨腥风非所愿,
海清河晏更难见。
何妨提剑下江南,
我即天道在人间!

江南，本是个令天下人向往的地方。

青山绿水，诗词歌赋，似乎苍天将所有的温柔都赋予了这片土地，对于江湖人来说，江南即是温柔乡又是龙潭虎穴。因为这地方太过美好，所以也引来了太多形形色色的人，有英雄豪杰，有骚人墨客；有神医圣手，有市井流氓；但无论是谁在江南的名声都不如"四大贼王"那么响亮，他们嗜血成性，手上早已沾满鲜血，实力之强，就连官府也得给几分薄面，江湖之大却从没有人敢当他们的对手。

可现在有了，这人三年前便不依不饶地追杀江南四大贼王，而且已得手了三次，没人知道他叫什么，师出何门，他所到之处必将掀起血雨腥风，江湖人称——腥风剑客。

七日前，腥风剑客再次发布武林帖，誓要斩杀最后的贼王，血屠。

贼王血屠听到风声，心中胆寒，日夜龟缩在自己的匪寨内，叫来了所有山贼土匪，希望能唬住腥风剑客这个仇人，让他不敢来犯。

可事实上，那仇人已经来了，而且来得很凶，很猛！

"上前一步者，死！"沈无眠单手倚剑，傲然而立，双瞳审视着周围十几个高矮胖瘦的身影，这些土匪本是来埋伏杀他的，但先前有多半却都已倒在他的剑下。

沈无眠一袭白衣早已洗成了血色，身上也挂满了彩，大大小小的伤口显得是那样触目惊心。他的脚边还躺着不少人，肢体不全的人，已断了气的人，沈无眠的剑很快，快到他们连闭眼都没来得及便已经一命归西。

"腥风剑客，我血屠和你无冤无仇，你为何迟迟不肯放过我？"血屠站在不远处的碉楼上不甘地咆哮道。

血屠额头上青筋尽数暴起，遥望着百步之外被团团围住的沈无眠，他的心在滴血，不过半个时辰的工夫，匪寨内的山贼横七竖八已死了大半。没人知道想杀他有多困难，也没人知道他为了今日，召集了多少手下埋伏在匪寨中。恐怕就连他自己也从未想过腥风剑客敢这般直愣愣地杀上门来，他更没猜到纵横江湖数十载后，第一个敢来取自己性命的竟是位二十出头的年轻人。

"锵！"

回应血屠的，只有宝剑挥舞带起的阵阵破风声，那是快到让人来不及反应的剑法，沈无眠脚踏七星，剑锋所指无往不利，皆是一剑封喉。

沈无眠势如破竹，无人可挡，再上乘的兵刃也不过一招碎之，鲜血雨一般落下，雾一般消散。血花飘荡间映衬着凛凛剑光，那视人命如草芥的霸王姿态，令所有人胆寒。

"我到底是做了什么惹到这个恶鬼。"血屠在不远处的碉楼上看着眼前那人间地狱般的景象，倒吸凉气，那双浸染了无数鲜血的钢爪在此刻也似乎生了锈，发出"吱呀吱呀"的声响。

"血屠，到你了！"沈无眠抽出染血的长剑，最后一名山贼已经随之跪倒在地。染血的长剑直指血屠，沾染的血珠滴滴摔落在地，掷地有声。

血屠见状拔腿便跑，朝着匪寨外蹿了出去，身为江南四大贼王，他的轻功早已算得上是一流。数十年来，轻功已救了血屠很多次，他以为今天也同样。

"飕！"

沈无眠猛地出现在血屠眼前，身法之快，宛若鬼魅。

血屠惊慌之下赶忙架起钢爪，沈无眠迎面一剑刺出，两人招式交错，火花四起，还未待稳住身形，沈无眠又是再度抽身返杀回去，俨然是不死不休的局面。

血屠武功实在不算差，但他的运气却也实在不算好，无论他从哪个刁钻的角度朝沈无眠袭去，都是无用功。沈无眠在轻功上的造诣似乎已超越了剑法，在他提速的瞬间，疾风都已经跟不上他的速度。

"孔雀开屏！"

沈无眠手腕一抖，幻化剑影三千，瞬间封死了血屠上中下三路。血屠无奈只得抽身而退，只听得剑身的轻吟声破风而来，仅一个交错，血屠的胸膛，就已经添了道醒目的致命伤口。

"江南四大贼王，不过如此。"沈无眠冷笑一声，手中剑法再变，眨眼间已经在半空舞出三朵十字剑花，凌厉剑气纵横交错，袭杀而去。

血屠招架不住，连连败退，身上的伤口越添越多，半晌后已是血流如注，白光一闪，沈无眠的剑已经架到了他的脖颈上。

"不要杀我！放过我！我给你金山银山……"血屠已经彻底放弃了颜面，开始大呼小叫地哀号求饶，谁敢相信这曾经是天下间最狠毒的恶人？

沈无眠盯着血屠的眼睛，似乎在寻找想要的答案。

"腥风剑客，你武功的确高明，但……但我们四兄弟，到底是哪里得罪了你？让我死个明白。"血屠大口喘着粗气，失血过多已经让他眼前开始缓缓变得模糊。

沈无眠用剑尖顶着血屠的心脏，不屑道："你不配知道。"

"我明白了，你是不是那个老匹夫派来的？怪不得，怪不得你一身好本事，怪不得你轻功如此卓绝，怪不得……怪不得你非要我们四兄弟死！哈哈哈哈，怪我啦，怪我当初太糊涂啊，怪我啊！！！"血屠似乎是想清了什么，突然间疯狂大笑起来，那是悲凉的笑，夹杂着泪水与一丝悔意。

"扑通！"

面目狰狞的血屠猛地撞向沈无眠的剑，锋利的宝剑瞬间贯穿了心脏，血屠张口喷出血花，应声跪地，气绝身亡。

他做梦都没想过自己竟会死得如此窝囊。

自此，江湖之中再无江南四大贼王。

沈无眠看着面前血屠的尸体，原本有神的双目，隐隐流露出一些恍惚。

"四大贼王都死了，可为什么还不是他？"沈无眠自言自语地呢喃道，指节因为用力过猛都已经捏得发白。

　　江湖人都称他腥风剑客，是因为所到之处无一不是腥风血雨，且每场杀戮都有无数人鼓掌叫好，因为在他们眼里，沈无眠的剑下只杀恶人。

　　其实并非如此，沈无眠称自己是个杀手。

　　但他却从未赚过一两银子。

　　因为他的雇主，是自己的亲生父亲。

　　沈无眠是复仇之子，他带着仇恨来到这个世界。

　　因为是苍天选择让沈无眠在那场浩劫中活了下来。

　　沈无眠觉得自己活在梦里，一个很长很长的噩梦，他好希望有天从床上醒来，发现万物如初，自己没有这一身好本领，也没有那段悲痛的记忆。

　　"到底是谁，还会有谁？"沈无眠越想越烦，突然一阵痛麻感袭上心头，他嘶吼一声便抱着脑袋摔倒在地痛叫起来。

　　大约一炷香后，沈无眠才缓缓有所好转，正欲颤颤巍巍地从满地血水中爬起身来，目光瞬间定格在血屠身上的一封羊皮信封。

　　"风老大，我们兄弟四人多年供你驱策，如今您已是武林盟主一统江湖，而我们兄弟四人常在江南盘踞，远水不解近渴，还望您准许我们四人金盆洗手，过一过逍遥生活。——血屠。"

　　沈无眠看着这封羊皮信，越读越是心惊，却又不敢相信。

　　武林盟主风雪崖，乃是江湖第一势力"神刀门"之主，刀法如神，而且其人正气浩然，胸怀天下，乃是被所有侠客崇敬的对象。这样的人物，竟和四大贼王这般恶人有所交易？

天色转晚，匪寨四处已是一片凄凉之意。

沈无眠终究还是带着疑问走了。

走之前他留下了一场大火。

将黑夜烧得通明。

四大贼王的死讯立刻震动天下，江湖上关于腥风剑客的传说也越来越多。

事实上，江湖上早已有不少关于沈无眠的传说。

从未听过的剑客，第一颗剑下头颅便是江南四大贼王之一，这本就令人惊奇。如今，四大贼王尽皆成为其剑下亡魂，腥风剑客之名更是名噪江湖。

世上有武者，自然便有智者。

每个人身边都总会有一个神机妙算的才子，而江湖中自然也有。

武林中的大小事宜，只要你付得起价钱，他就能给你答案。

莫问峰，卧龙生！

奇怪的是一个分明什么都懂的人，却偏偏住在了莫问峰，或许是有才能的人性格都颇为古怪，卧龙生自己就以给别人找麻烦为乐。

"博览阅群书，慧眼识英雄。"

"迷局千万种，你入哪一重？"

淡淡的墨香弥漫在凉亭内，一个书生模样的年轻人捧着本书阅读着。

而能住在莫问峰的书生，自然就是卧龙生。

卧龙生在江湖中享誉盛名数十年，却始终都是一副年轻的面孔，他笑赞这是寿与天齐，称自己已是天上的仙官，文曲星下凡，自然是长生不老，驻颜有术。

"主人。"

凉亭外不知何时已经出现了一名女子，婀娜多姿，眉目清秀，绝对是一位不可多得的美人儿。

"长歌，我似乎说过，我看书时不许打扰我。"卧龙生微微蹙眉，薄怒道。

"长歌不敢，只是如今神刀门在武林一支独大，奴婢恐怕……"侍女长歌赶忙跪下，毕恭毕敬道。

卧龙生听到后却并不作答，甚至连表情也没有丝毫变化，好似对于他而言，只有看书最为重要。

长歌抿了抿唇，转身欲走，突然想起了什么又停下了脚步："主人，算算日子，那个人似乎该来了。"

卧龙生闻言眉头一展，掐指算了算，这才开心笑道："对了，是日子了，妙极，妙极！长歌，你快快去取上两坛上好的桃花酿，我定要与他好好饮上几杯。"

长歌见状抿嘴一笑："主人一向惜字如金，却不知怎么，对那个人倒是知无不言，大方得很。"

"你懂什么，有道是酒逢知己千杯少，话不投机半句多！同路同道才算得上是友人。"卧龙生将书放下，意味深长地说道。

长歌似懂非懂地点点头，倒是认可这话。

"我沈某和你卧龙生，并非同道，不过此刻恰巧同路罢了。"

凉亭内外突然传来一声长啸，这声音根本无法辨识说话之人的方向远近，听起来却如同在耳边，犹若惊雷一响！

长歌听到这话，脸色瞬间冷了下来，在莫问峰这样说话，未免太过放肆。然而还未等她开口，卧龙生却已经哈哈大笑着迎了出来："无论是同路还是同道，我只知道你沈无眠若想要报仇，就离不开我莫问峰。"

"你给我复仇的线索情报，我给你当排除异己的屠刀，这桩交易，倒也算公平。"沈无眠兀地出现在众人面前，直视卧龙生，平静地说到。

卧龙生闻言轻轻点头表示认同，并绕着沈无眠转了一圈，摇着白纸扇笑道："你这已是第七次登上莫问峰。"

"不错，正是第七次。"沈无眠愣了半响，紧接着回应确认。

卧龙生轻轻挥手，不远处石桌上的两杯美酒竟然缓缓飘了过来，稳稳地落入两人手中。

"莫问峰逢奇不逢偶，因此这是你最后一次来了。"

"我的父仇怎么办？"

"如今四大贼王已死，你大仇已报。"

"我以为，卧龙生从不骗人。"

沈无眠双目直直地盯着卧龙生，他总能从这个天下智者脸上察觉出一些信息来，今天那种感觉则更加强烈。

"我何时骗过人？"卧龙生有些心惊，但脸上表情仍然表现得尽量淡然。

沈无眠缓缓迈前两步，认真地说道："就在刚才，因为我还有一个仇人。"

"我说过，你的仇人已经全部身亡。"卧龙生不再保持笑容，将白纸扇合起，看着沈无眠认真地开口。

"你怕我杀不了他？"

"腥风剑客的大名如今江湖谁人不知？我怎会担心你？"

"你如此看得起我？"

"横扫江南四大贼王，你还有何惧？"

"哦？哪怕我那仇人是武林盟主？"

卧龙生闻言，不再答话，看着沈无眠陷入沉默当中。两人互相对视着，仿佛入定出神，眨眼便是一炷香的工夫。

"你如何知道的？"卧龙生有些不可置信地开口。

沈无眠哈哈一笑，反问道："原来卧龙生也有猜不到的事？"

卧龙生突然笑了，白纸扇轻摇，那是种无奈的状态，一种习惯于掌控的人突然发现事情脱离自己手掌后的表现。

"罢了，做人总得有几分痴念，这些灵药，你且拿去。"卧龙生白纸扇猛地一甩，几粒散发着丹香的灵药已经冲着沈无眠横飞而去。

"九转百花丸？"沈无眠沉吟一声，瞧了瞧卧龙生，这才将灵药小心翼翼地塞进自己怀中。

侍女长歌这时也已经将两坛美酒桃花酿端了上来，只是刚刚揭开酒封，浓郁的酒香已经扑鼻而来，在这山顶弥漫。

"好酒！"沈无眠朗声赞道，不等卧龙生邀请，已经坐在石墩上斟起酒来。

"有朋自远方来，不亦乐乎，你我今日一醉方休。"卧龙生见状开怀大笑，与沈无眠对饮起来。

沈无眠很喜欢酒，只有喝醉了入梦，他才不会做那个很长很长的噩梦，想起那一幅幅狰狞恐怖的面庞……

云横秦岭家何在，雪涌蓝关马不前。

有人问："江湖在哪？"

有人答："江河湖海，山林草木，有人的地方就有江湖。"

而在武林侠客的心中，江湖永远是那座险峻的华山！

西岳华山，终年云雾缭绕，白云似是长河般从天峰上倒挂下来，在这里汇聚，久久不散。

通天路，神仙处。

华山之巅，一块巨大的山岩屹立，有型有态，如似佛掌。

江湖人称此景为"华岳仙掌"。

山巅之上横七竖八躺着几具尸体，俨然已断了气，但却看不出任何皮外伤，不远处还站着一名老者，白发飞扬，如雪如云，其身材瘦长，脸颊有如刀削，双手尖长有力，如似鹰鸟，一看就是位用刀的高手。

"在下神刀门风雪崖，不知何方前辈驾临，有何事情还请现身当面指教！"老者浑浊的双目眺望远方，夹杂着内力轻啸一声，犹若惊雷，响彻九天。

话音刚落，四道闪电般的人影便蹿了出来，一袭金衣单手倚刀。

"门主，我查了二十里地，未发现踪迹。"

"脚印也清理得很干净。"

"尸体完好无损,未见伤口。"

"高手中的高手!"

四名倚刀金衣人看向风雪崖,恭敬禀告道。

风雪崖闻言停顿了半晌,叹息道:"一天还一天,一山还一山。天外登高处,山内有人烟。我风雪崖糊涂了半辈子,曾以为神刀门在我的带领下已无敌于天下。现在才明白,这天外这世上的高人,又何止是武林榜上那几名凡夫俗子?"

人的名,树的影,风雪崖这名头可极为响亮,且不说其武功极高早已独步武林,单就是武林盟主这身份,也足以威慑群雄。

"只是不知道如此高人突然来我神刀门杀我弟子,究竟为何?难不成,我竟无意中得罪过此人?"风雪崖举目望去,只觉得一眼千川,唯有尽人事听天命罢了。

转眼,已是深冬。

鹅毛大雪片片飘洒,将百年苍郁无情地掩埋在冰冷之下,北风如刀,在这天地间不甘寂寞地呼啸,放眼望去,银装素裹,平添寂寥。

离秦岭风峪口山门不远处,隐隐可见一所简陋轩敞的客栈,覆盖着些许冰雪的酒幌子随风飘舞,上写着"八方客栈"。

尽管这客栈极为简陋,但却已是方圆百里唯一的容身之所了。

按理讲这大冷的天,客人定不会多,但这里却人声鼎沸,热闹非凡。

"小二,再拿酒来,让爷吃饱了便夺个天下第壹回来!"一个虎背熊腰的虬髯大汉不耐烦地叫喊着。

　　桌对面坐着个穿着粗布衣,手持算卦旗子的邋遢老头,只见他饮下一碗酒,指桑骂槐道:"本事不大,口气不小。"

　　虬髯大汉闻言,瞪眼厉声道:"你这臭算卦的,胡说什么!"

　　老道士闻言讥笑道:"似你这般的草包,还想参加风云大会？怕也不过是多送一具尸体罢了。"

　　"放屁！你就瞧着你爷爷我夺个天下第一刀的名号回来！"虬髯大汉有些色厉内荏地咆哮一声,直震得碗儿碟儿哐啷乱响。

　　风云大会,武林大比。

　　任何人都可以参加,但你将面对的对手,是天下群雄。

　　不光是武功高,还要有威望,否则源源不绝的对手打擂,即便是神仙下凡怕也会活活累死。

　　"爷……爷您里边请。"小二吆喝了一声,正喝酒打闹的众人抬眼瞧去,只见七名腰悬宝剑的中年人迈内而入。这七人高矮胖瘦几乎一致,锦衣狐裘好是威风,这七人慢慢地走进客栈,所有的声音都静止了,就连不省人事的醉汉看到他们,也吓得一激灵。

　　"店家,还请拿些酒菜来。"为首的中年人吩咐一声,这人双目含笑,观之可亲,看似平易近人,但却没人敢反驳他的话。

　　因为他叫百里青,也因为他腰间那柄未出鞘的宝剑。

　　不,应该说是剑柄上刻的字——龙泉山庄。

　　天下极客出龙泉！

　　"龙泉七剑,没想到他们居然这么早就来了。"在座的江湖人小声地讨论着,似乎生怕他们听到一般。

就在众人好奇地打量时,忽然听小二又在门外吆喝,众人抬眼观瞧,却见一名头戴斗笠,身穿黑衣的瘦高男子走了进来,右肩上落着一只苍鹰,两只锐利的瞳子,英气逼人。

"好亮的一双招子!"百里青盯着那漆黑如墨的苍鹰,忍不住赞叹一声。

黑衣人瞧了一眼,这才揭开了斗笠,平静地道:"龙泉七剑,多日不见。"

"我道是谁如此神气,原来是'九爪神鹰'卫天鹰到了。"百里青看到这张藏在斗笠下的脸庞,愣了一秒,才怪声怪气地开口。

这名号放出来,又是惊傻了客栈里的江湖人。

八月边风高,胡鹰白锦毛。

孤飞一片雪,百里见秋毫。

九爪神鹰?

神鹰岭第一高手!

卫天鹰咧了咧嘴,冲着小二一扬手,便自己寻了个桌案坐下,静静地饮着酒。

"不愧是风云大会,这些高手都来了,这次比赛当真有看头。"

"高手?说句不好听的,怕是这几位都还不够瞧呢。"

"龙泉山庄,神鹰岭已经是江湖一流势力。"

虬髯大汉也不敢再莽撞开口,瞧了瞧先前与自己拌嘴的老道士,凑了过去小声问道:"臭算卦的,你觉得他们能赢风云大会么?"

"你难道瞧不出,他们在等人?"老道士闻言,怪异的目光看向虬髯大汉。

"等谁？"虬髯大汉闻言一愣，问道。

"自然是等一位有把握夺魁的人。"算卦老道士饮下美酒，一边悄悄地盯着客栈门外。虬髯大汉还想再问，却只听得老道士应了一声："他来了。"

风有些冷，雪也很大。

举目眺望间，漫天风雪之中，只见一人翩然踏雪而来。

此人身着一袭白衣，如雪如云，这云雪上却是墨色发髻，这乌黑下，一张面容尤为俊美，手持亮银的剑鞘，行走于凡尘，云游于八方，宛若仙君下凡。

"这人倒是生得一副好皮囊！"虬髯大汉不住地赞了一声。

老道士这次却没有再开口，只是将身子压低了些。

这人刚迈门而入，那本沉默不言的百里青和沈天鹰便一同起身，各自抱拳施了一礼道："云公子！"

此言一出，驿站内众人皆是心头一跳。

这般的气度，这般的俊美，这般的称呼。

所有线索尽皆指向一个人。

拜剑山庄，云月空！

"难道他，他就是拜剑山庄的云月空？"虬髯大汉一张嘴大得好似碗口般大小，吃惊得喘不上气。

老道士眼中寒光一闪而过，冷言道："不是他还会是谁？"

"你这算卦的，似是见识不少。"虬髯大汉端起一碗酒边饮边说。

老道士抬眼看了看，也举起一碗酒喝了起来。

"云公子即已到了，那我们这就出发？"百里青抱剑问道，同时他身后的其余六位剑客也都站起身来。

卫天鹰没有开口，只是在一旁瞧着。

云月空扫视了一圈客栈内的酒客，摇了摇头道："风云大会还有三天，我们来得不算太早，可英雄帖上还有多半人未到。"

百里青微微一笑道："玉笛门，四方阁，海泉寺的高人怕是不能来了。"

"龙泉七剑出手，这三方势力自然无一生还。"云月空点点头，微笑道。

卫天鹰插话道："九天殿和凌霄阁的长老此刻倒是正在路上。"

"你放过了他们？这可是风云大会，如果我们不把敌对势力逐个击破，我们获胜的概率就小了。"百里青微微蹙眉，焦虑道。

云月空看向卫天鹰，笑道："九爪神鹰说他们正在路上，怕去的地方并不是这里。"

"不错，他们赶路多时，黄泉路上互相搭伴，此时怕已到奈何桥了。"卫天鹰冷冽一笑，肩上的鹰也通灵般地跟着扑扇着翅膀。

云月空微微点头，这才略有些满意地说道："明人不说暗话，此次我云月空来，便是要拿走天下第一剑，你们助了我，日后好处自然不少……"

此言一出，众人面面相觑，来这里的自然都不是傻子，有道是天下攘攘，皆为利往；天下熙熙，皆为利来。能来这风云大会搏命的狠角色，哪个不是冲着名利而来？何况眼前这人乃是拜剑山庄的大公子。

百里青赶忙迎合笑应，毕竟他们龙泉七剑是剑客，此刻不回答，难不成还要与拜剑山庄撕破脸皮？那可是能与神刀门扳手腕的江湖势力。

两大势力一刀一剑，早已独步江湖。

"有钱能使鬼推磨，黄金万两，白银十万两，即便是龙泉山庄或神鹰岭，也难抵诱惑呀。"老道士饮下一碗美酒，突然笑吟吟地开口道。

与其同饮的虬髯大汉见状早已经放下了手中的酒碗，尽管再莽撞，他也知道此时到底得罪了什么样的人物，这可是龙泉山庄和神鹰岭，还有那令人谈虎色变的拜剑山庄。

百里青闻言脸色一变，半晌后又含笑道："这位道爷说的哪里话，天下第一本就是有能者居之。"

"都是为钱奔波的卖命人，却要在这自作清高，可悲呀可悲。"老道士目视几人，笑吟吟地开口道，言罢还继续搬着酒坛添杯。

"放肆！"一名龙泉剑客薄怒道，抬手便冲着老道士一剑扎去。

客栈众人惊呼出声，显然没想到自命君子的龙泉七剑会因为一言不合便拔剑相向，反观老道士倒是悠然自得地继续喝酒。

"臭算卦的，你不要命啦！"虬髯大汉慌忙之中，搬起桌上的酒坛朝龙泉剑客砸了过去。

"破！"

龙泉剑客挥剑刺去，酒坛应声而碎，剑锋一改，朝着虬髯大汉胸膛狠狠扎去，完全是杀人的招式。老道士在旁轻轻一推，虬髯大汉顿时鬼使神差地向东躲了两步，惊险万分地躲过了这一剑。

"哈哈哈，龙泉七剑的剑法也不过如此。"卫天鹰边摸着自己肩膀上黑鹰的翅膀边取笑开口道。

百里青闻言脸色青红变换，却又无法作为。

那出手的龙泉剑客闻言，手上顿时又添了三分力道，所谓刀行厚重，剑走轻盈，眨眼工夫，龙泉宝剑已挽出一朵剑花朝着大汉上中下三路疾风骤雨般连刺了七七四十九剑。

"奶奶的，臭算卦的你可害死我了，没想到你匪爷今日阴沟里翻了船儿！"虬髯大汉瞪着那刺来的龙泉宝剑，自知躲避不开，叫骂了声便不再动弹。

龙泉剑客正欲刺剑，突然只觉得身上一沉，回头瞧去，只看到一双枯槁的手掌正按在自己肩头上，可不正是那位邋遢的牛鼻子老道么。

"你好大的胆！"龙泉剑客呵斥一声，穿掌反身攻去。哪知老道士转身让过，一把扣住他的手腕，手臂轻轻一抡，龙泉剑客已经连人带剑狼狈地飞到空中。

"这老东西有古怪。"卫天鹰悄悄护在了云月空身前，手中攥着漆黑的弯刀，戒备地盯着面前那老道士。

百里青再坐不住，高喊一声："三弟小心！"话音未落，身形已飘到了半空，抬手将龙泉剑客接住，在半空兜了个圈，平稳落座。

"久闻百里青大侠轻功卓绝，今日老夫一见，果然不凡！"老道士拍了拍手，似是喝彩道。

百里青闻言，自知是遇到了扎手的点子，抱剑沉声道："龙泉山庄百里青，未请教？"

"老夫不过一介闲云野鹤，名号不提也罢。只是你这三弟打碎了老夫的美酒，今日怕是得留下个说法。"老道士从怀里掏出一个酒葫芦，继续喝着美酒。

百里青闻言，悄悄后退几步，也不答话，侧首向云月空看去。

客栈里所有的目光都在此刻聚在云月空身上。

拜剑山庄的大公子，这等龙凤之人，又岂是甘心退让的？

"在下云月空，打扰了前辈酒兴，实在抱歉，今日所有的酒钱就由晚辈来赔偿。"云月空沉吟了半晌，突然展颜一笑，颇为真诚和煦。

老道士闻言，倒是有了些满意的神色，夸赞道："不错，懂得隐忍，进退自如，孺子可教！看来拜剑山庄，后继有人咯。"

云月空抱拳施礼，刚要开口，却只见眼前突然模糊，定了定神的工夫，那算卦的老道士却已经消失了踪影。

"飕！"

兀地，闪电般的黑影自云月空长发间掠过，斩下一缕发丝，轻飘飘地缓缓落下。众人皆是心惊，这若是偏了一分，恐怕云月空已经气绝身亡。

众人定神一看，那闪电般的黑影就是一滴水珠，摔落在地已经化为乌有。

"这，这怎么可能？！"

百里青和卫天鹰已经说不出话来，暗器一道最难修炼，百发百中已是极难，百步穿杨更是神技，但这些在老道士这招面前已经应该自惭形秽。

挥泪飞花皆可杀敌，这已超出了他们对武学的认知。

"拜剑山庄的小子，恐怕天下第一剑，今年还轮不到你喔，哈哈哈哈……"老道士的声音隔空传来，回响在这客栈四周。

云月空此刻没有开口，而是仿佛中了魔怔一般，痴痴地望着那缕被斩落的发丝。

不，准确地说是望着那滴消失不见的水珠。

天下第一奇门暗器，观音泪！？

风雪依旧在下，越下越大。

风雪愈来愈大，雪雾愈来愈深。

洛阳城的雪，不似塞外的那般凌厉，只是自顾自地绵绵飘洒。

人来人往，车水马龙，银装素裹，更显缤纷。

雪雾中，一座彩灯高挂的高楼隐约可见，淡淡的脂粉香四处飘散，打扮得花枝招展的姑娘们有的梳妆贴花黄，有的迎来送往翩翩起舞，在雪雾的衬托下，这里俨然便是人间仙境。

高楼正门前挂着醒目的诗句，非常工整地列在两旁。

上界神仙下界无，贱人自有贵人扶。

兰房夜夜迎新客，斗转星移换丈夫。

妙音坊，这地方是洛阳最逍遥快活的地方，这里的女子永远柔情似水，不管你是富甲一方还是市井暴徒，来到这就像是回了温柔乡，回到梦里的家。

沈无眠头戴斗笠，身上披着些许风雪，直直地站在楼下，望着这座令无数男人醉生梦死的高楼，眼中难得地透出一丝温柔。

每次杀完人，他都会来到这里，看着那个姑娘，再大醉一场。

"这位少侠，快进来呀，我们这的姑娘个个都是国色天香的美人儿。"打扮得花枝招展的半老徐娘迎了出来，这人沈无眠瞧着眼生，应是新来的老鸨。

沈无眠瞟了一眼没有言语，只是自顾自地走进门去，顿时便犹如扑入花丛中的蝴蝶，无数的姑娘朝他簇拥过来，皆是身姿曼妙，俏丽可爱。

"别来烦我。"沈无眠从怀里掏出一个圆鼓鼓的钱袋，扔给老鸨，接着便迈着大步走上了二楼，此刻他眼里，除了那个姑娘，再也不想看见任何人。

大厅里余下的那些姑娘们皆是茫然，何曾见过来青楼逛却不要美人儿陪的？

"我道是谁，原来是那个怪人。"突然一名女子挤到前面看到沈无眠的背影开口呢喃道。

"二姐，这人你认识？"

"经常来，多少年了，这男人每次都板着死人脸，只找素水心一个妞，出来偷腥还这么专情，也不知道是什么怪毛病！"

素水心，是妙音坊的一名歌女。

并非花魁，也非绝代，但却在第一眼的时候就迷住了沈无眠。

依旧是那扇熟悉的屏风，熟悉的纱幔，以及熟悉的熏香。

身姿曼妙的婀娜女子一头乌黑的秀发瀑布般垂下,羊脂白玉般的肌肤晶莹剔透,映衬着黛色的齐肩长裙,仿佛美得像是水墨画卷,沈无眠愣在原地,不忍打破这份宁静。

能让他这般痴迷的,也只有素水心。

"既然来了,何不进来?"宛若夜莺般的嗓音缓缓开口,素水心缓缓转身,凤眼柳眉,樱桃小嘴,额上的一点朱砂仿佛让天地间都失了颜色。

沈无眠已经看呆了,傻傻地愣在原地。

"每次都是急匆匆地来,又急匆匆地走,不怕辛苦?"素水心走到沈无眠面前,吐气如兰,拿着泛着幽香的手帕为其轻轻擦拭头上的汗水。

"苦些也是值得的。"沈无眠有些失神地握住她的纤纤玉手,哽咽地道。

素水心温柔地注视着眼前的男人,她并不了解他,却也了解他。

三年前这个男人喝得大醉,来到妙音坊寻欢,一头便撞进了素水心怀里。

她以为,他会像天下间的大多男人似的霸占她,没想到……他只是拉着自己诉了一夜苦水,呢喃模糊根本听不清,不久后他便睡了,但素水心却一夜无眠,尽管她知道明日天一亮这个男人便会离开,但她却依旧心动了。

事实上,那个男人从那天起,就从未离开过。

每隔一段时间,那个男人就会来找自己,喝得大醉,然后倾诉衷肠。

那个男人正是沈无眠。

素水心称他是侠客，沈无眠却说自己是个伤心的江湖浪子，担不起"侠"字，只不过是人世间的过客。

沈无眠在她面前对于江湖事只字不提，他只想退隐江湖后能带素水心远离世俗，平凡人般过完这一生，而不是要素水心天天担心他的生死安危，担心他的那柄杀人剑。

"你这次过来，怕又是要让我听你讲故事了？"素水心展颜一笑，转身从幔帐中拿出一坛未开封的桃花酒，这种花酒沁人心脾，但却不辣，少有北方汉子爱饮，但沈无眠却钟爱于此。

沈无眠轻嗅酒香，抬眼看着素水心，轻轻扶着那头瀑布黑发，温柔道："得妻如此，夫复何求？"

"你不是浪子吗？怎么还会有妻子？"素水心闻言，有些俏皮地打趣道。

沈无眠举过酒杯与素水心碰了一下，豪饮而尽，笑道："良禽择木而栖，我自然也有归宿。"

素水心为他续上美酒，突然有些担忧地问道："你……明天就又要走了？"

此语一出，突然安静下来，只有续酒的潺潺声。

"最后一次。"沈无眠用有些低沉的声音说道。

"最后一次？你不再回来了？可我……唉，罢了，妙音坊终究不是长久之地，你腻了也是正常。"素水心突然慌了，吃惊地开口却又缓缓声音低下。

沈无眠笑看着素水心，坚定开口道："水心，等我办完这最后一件事，你愿意跟我走吗？"

"走？去哪里？"

"我们隐居山野，逍遥快活。"

"我是妙音坊的歌女，他们不会放过我的。"

"我会为你赎身。"

"你不明白，妙音坊的歌女不是光靠银子就能获得自由的。"

"放心，一切有我。"

沈无眠闻言轻笑，坚定地一把攥住了素水心的手，双目如焗。素水心不敢再看，赶忙低下了臻首，红烛映照下，更显婀娜。

"砰！"

微弱的声音自房顶悄然响起，很轻，一般人下意识便会忽略。

但别忘了，这里不光有素水心。

还有腥风剑客，沈无眠。

"嘘，房上有人。"

第二章

天下第一

子期可解高山音,
伯乐能辨好马鸣。
卧龙巧言第一剑,
力排众议识豪英。

风云大会，远比想象得还要热闹。

人山人海间，大约是有名有姓的江湖人都齐聚在这里。

远远望去，约有百面之多的门派幌旗飞舞，特色迥异的帮派装束。

天下第壹，谁人不想？

离比武之地不远的白玉高台之上，端坐着两人，等同天地的两人。

沈无眠若是在此，一定会认出右边那名手持白纸扇的书生，那是他唯一的同道人，武林第一诸葛，卧龙生。

"盟主，您可有看好之人？"卧龙生此刻摇着白纸扇，偏过头询问。

盟主之名，只有神刀门的风雪崖才配享用。

他身穿一件墨色雨丝锦直裰，腰间绑着一根靓蓝色蟒纹绅带，一头雪白的鬓发如云飞扬，双目中好似暗藏利刃，身材伟岸，当真是气宇轩昂。

"天下第壹也不过是个名号，江湖中谁人能真正的无敌？"风雪崖饮着茶，淡然地回应道。

"此言差矣，难道这江湖中，还有人能挡住盟主的斩红尘么？"卧龙生不着痕迹地试探道。

风雪崖之所以能成为武林盟主，除了自己武功卓绝外，与他手中那柄红尘刀分不开！

那是柄饮血无数的妖刀，令所有江湖人渴望。

且不说这红尘刀法已是天下第一刀法，单是这刀也是天下第一的宝刀，而此时这两者却都握在了武功天下第一的风雪崖手中。

而红尘刀法中最强大的一招，便是斩红尘！

"斩红尘的确强大，但却并非无敌，只是有些人不愿意出来争夺罢了。"风雪崖有些巧妙地避开了这个话题，他的目光聚集在不远处那比武的高台。

天下群雄逐鹿，的确足够精彩。

龙泉七剑之首百里青此刻正在台上，他的剑法委实不差，但却并没有取得太好的战果，因为他的运气实在差，他遇到了李虹秋。

李虹秋早在十年前便已成名，人称青山剑仙，凭借着炉火纯青的剑法，早已独步江湖。

但无论多强，他终究没有排行。

因此，十年的一届风云大会，这位前辈剑客也终究还是来了。

"玉虹贯日！"

李虹秋猛地提速，手中剑芒吐露，看似轻飘飘的迅疾一剑，实则蕴含了数种变化，直直逼向百里青。

稳，准，狠！

这剑若是扎上，百里青非死即残。

百里青先前已入疲态，若不是云月空付了大价钱，若不是他想攀上拜剑山庄这颗大树，他根本不会上台来跟李虹秋比剑。本就无心恋战，此刻突然遇到这要命的招式，顿时显得捉襟见肘起来。

"剑下留人！"一声夹杂内力的轻啸声自台下传来，紧接着一柄薄如蝉翼的软剑已经迎了上来。

"锵！"

李虹秋见状赶忙变招，挥剑朝着来人刺去，两把剑交错的刹那，李虹秋只觉得虎口一阵酥麻，连连后退三步之多。

好沉的劲！

"云公子。"百里青宛如见到了救命稻草，赶忙上前开口。

不错，这一袭白衣上台，宛如仙君下凡的剑客，可不正是拜剑山庄的云月空？

"龙泉剑锋已钝，不如让晚辈来试试？"云月空没有理会百里青，而是剑锋微扬，对着李虹秋浪笑道。

百里青显然也乐得如此，赶忙施礼后认输跳下了台，这场风云大会，他还能活着已是幸事。

李虹秋长舒了一口气，这才开口讥讽道："若是这般无休止的车轮战，倒是折腾我这把老骨头。"

显然，云月空如此插手，已是违背了江湖规矩。

一时间，前来围观的天下群雄已经是炸开了锅，沸沸扬扬地叫嚷着，皆是表达着对云月空的愤怒。

但白玉高台之上的武林盟主风雪崖却依旧沉默不语，卧龙生也依旧云淡风轻地摇着白纸扇，他们都想看看这云月空如何应付这样的场面。

"晚辈自然不想乘人之危，不如……一剑定胜负？"云月空嘴角微扬，双目盯着李虹秋。

李虹秋也有些发憷，迟疑道："怎么个胜负法？"

"前辈若能接下我一剑，那便算赢。"云月空这句话掷地有声，也不知道他拥有怎样的自信才敢这样放言，强大的气势在这一瞬间提升到了极致。

这一瞬间，每个人的脸上都有了些许变化。

李虹秋是被轻辱的愤怒，百里青是几乎膜拜的崇敬，围观者们则大多是一副不屑的面庞。

就连卧龙生的脸上都有些细微的变化，唯一没变化的只有那依旧沉稳如山的武林盟主风雪崖。

"放肆！"李虹秋再忍耐不住，叱咤一声，手中长剑前挺，朝着云月空的脑袋便斜削过去。

云月空没有多余的动作，只是将剑扬了起来。

"拿命来！"李虹秋浸淫剑法数十年，宝剑对他如臂指使，此刻他的剑已快到了极致，七种变化蕴藏其中，他坚信这一剑能为他夺下天下第一。

云月空则是依旧平淡，简单地将举起的剑刺了出去，这一剑毫无变化，恐怕连初涉江湖的黄口小子都不屑用。

俗话说剑走轻盈，这样的剑法，已是下三流的死招。

甚至连台下的那些围观者，都已经看不下去对云月空吹口哨喝倒彩。

"嘶……"

众人的嘘声在这一刻戛然而止，狠狠地倒吸了一口凉气。

就连风雪崖的眼眶也不禁跳了跳。

因为云月空那柄薄如蝉翼的剑已经归鞘，而李虹秋的咽喉也已经多了一个小红点,他还未来得及做出惊恐的死相,就已经咽了气。

"好,好,好!"风雪崖难得的接连说了三个"好"字,紧接着便已经从高台上跃了下来。

刚才那惊天一剑,着实令他惊艳。

"云公子剑法卓绝,当称天下第一!"台下的百里青第一个吆喝起来,紧接着是龙泉山庄的弟子,神鹰岭的侠客,以及那些被惊艳到的所有江湖人。

"这样的剑法当真闻所未闻!"

"一剑杀了青山剑仙!"

"拜剑山庄不愧是江湖第一剑庄!"

所有的赞叹声与掌声如潮响起,而这些荣誉的主人,自然是云月空。

所有人都在等着风雪崖开口,毕竟神刀门与拜剑山庄,从来都是不相伯仲,一刀一剑在江湖中盛享美誉。

后来神刀门因为门主风雪崖成为武林盟主,这才隐隐压了拜剑山庄一头,如今这天下第一剑的归属,风雪崖是否愿意交到云月空的手上,还有些难说。

"云少侠年纪轻轻,竟有如此功力,实属天造之才!拜剑山庄有如此英才,老夫作为武林盟主深感欣慰。罢了,即日起,这天下第一剑的名号,便……"风雪崖盯着云月空上下打量了几番后,这才略显满意地点了点头,接着有些意味深长地点评道。

"慢!"

一个文弱的书生突然插口跻身进来，但所有人都没有选择无视，哪怕强如风雪崖也依旧停下了未说完的话。

因为这是谁都离不开的卧龙生，毕竟谁都有迷惑的事。

"我觉得天下第一剑的名号，如此交付未免儿戏。"卧龙生摇着白纸扇，笑吟吟地开口道。

云月空闻言，立刻还口道："卧龙前辈，在下已用剑法傲视群雄，若有哪个不服晚辈的，大可上台比试，我拿下天下第一剑乃是实至名归，如何便成了儿戏？"

卧龙生笑吟吟地绕着云月空周身转了两圈，这才开口道："因为依我所见，你若想拿下天下第一剑，还差了些。"

风雪崖皱了皱眉，沉声道："我发布武林帖操办风云大会，已是天下群雄皆至，云月空赢了便是赢了，天下第一剑应属于他。"

"哈哈哈哈……天下群雄皆至？"卧龙生仿佛听到了天大的笑话，笑个不停。

云月空再忍不下，催问道："卧龙前辈既然觉得在下剑法拙劣，那不知您觉得谁应该夺下这天下第一剑？难不成是已死的李虹秋？"

卧龙生摇摇头，不再发笑，严肃地说："尚有一人！"

"谁？"

风雪崖和云月空一齐开了口，其实不光是他们，在场所有的群雄都在好奇，剑道一途，还有谁能力压云月空？

卧龙生终于也不再卖关子，走上前两步，宣布了最后一个名字——腥风剑客。

"嘘，房上有人。"

沈无眠示意着，手掌已经握在那柄背负在背上的杀人剑上，身子下意识挡在了素水心的身前，警惕地盯着窗外。

半晌后，沈无眠这才沉声开口道："朋友，做梁上君子，似乎不算是好事。"

"不愧是腥风剑客，耳力果然不差！"夹杂内力的传音自沈无眠四面八方传来，根本无法分辨方向，这声音仿佛婴儿的尖声，根本无从分辨身份。

沈无眠一步步向后退，若是平常他早就冲了出去，可素水心此刻正在身边，必须护她周全！

"飕！"

快似闪电的白影猛地破窗而入，朝着沈无眠打来，就在他欲提剑格挡时，那射来的白影却又突然变得轻飘飘的，宛若秋叶般轻轻落下。

定睛一看，原来只是张薄薄的牛皮信纸。

"天下第一剑，你的麻烦开始了。"依旧是那道内力传音响起，不过这一次倒是充满了肃杀之意，紧接着便没了动静，想来已经抽身离去。

"沈大哥，你是天下第一剑？"素水心的脑袋有些发懵，她知道沈无眠是个剑客，但却觉得也应该是稀松平常的江湖人。

沈无眠面色有些僵硬，不知该怎么回答。

素水心见状不再多问，将地上那封牛皮信纸拆开，刚看了一眼，便惊慌地问道："刚才那人，你认识吗？"

沈无眠摇了摇头，看这有些异样的素水心，伸手接过了牛皮信纸，歪七扭八的一行字非常醒目。

"天下第一剑，你惹麻烦了，木秀于林风必摧，云月空他们不会放过你的。"

沈无眠越看越难懂，刚才那人喊了自己是腥风剑客，想来没有认错人，但天下第一剑？这是从何说起？

素水心悄悄地小声开口："这人像是没有恶意，你要多加小心。"

沈无眠点点头，继而开口道："放心，行走江湖惹到仇家乃是常事。"

"你……真是天下第一的剑客？"素水心双眸动人，突然很认真地盯着沈无眠问道。

"我……"沈无眠欲言又止，一时间不知该如何开口。

"轰！"

突然一声巨响自两人头顶传来，屋顶瞬间塌陷下来，与碎瓦同时出现的，还有七个高矮胖瘦几乎一样的剑客，以及七柄雪亮的剑。

"叮叮叮！"

沈无眠猛地将素水心揽入怀中，同时手中的剑已经挽了朵十字剑花递了出去，八柄宝剑相交，爆出一团团耀眼的火花。

"龙泉宝剑？"沈无眠眼神一凝，已经认出了这七柄剑的出处。

龙泉七剑见偷袭未果，也是各自抽身退开，七人皆是脚踏北斗，俨然是一副绝杀剑阵。

"在下龙泉山庄，百里青。"百里青也未施礼，只是提防地手持宝剑，沉声报了名号。

沈无眠也未再抢攻，怀中抱着素水心，他实在担心。

"没想到江湖中名声大噪的腥风剑客，竟是个年轻的公子哥。"龙泉七剑当中的一人突然笑了起来。

沈无眠刚欲回话，只听得怀中素水心尖叫起来："小心！"

"飕！"

一柄漆黑的弯刀猛地出现在沈无眠脑后，沈无眠怒叱一声，手中长剑招架，连忙接了三招。这人的刀很快，若不是刚才素水心提醒，恐怕这一刀就已经要了沈无眠的命。

"吱！"

鹰啼声突然响起，宛若黑色闪电的苍鹰猛地朝沈无眠冲了过来。这鹰飞得更快，甚至快过了那柄已经很快的漆黑弯刀。

沈无眠看到这只鹰时，就已经明白。

是九爪神鹰，卫天鹰到了。

"鱼跃龙泉！"龙泉七剑叱咤一声，七剑齐出，朝着沈无眠抢攻过来，俨然已是九死一生的局面。

"卑鄙！"

沈无眠手腕一抖，长剑疾风骤雨般连刺三十三剑，皆是朝着卫天鹰攻去，根本不在乎龙泉七剑的攻击，俨然已是放守为攻，是不要命的打法。

卫天鹰措手不及下险些丧命，但却依旧被刺了一剑，不过这也要比沈无眠好很多。七柄龙泉宝剑不是那么好受的，尽管沈无眠已经尽力的化解，却也已经添了两道深可见骨的伤痕。

"这一剑，沈某迟早会讨回来的！"沈无眠轻啸一声，紧接着一个跟斗卷起，脚下瞬间提速，身形化作闪电，猛地顺着窗户蹿了出去。

沈无眠的轻功着实好，在这一瞬间，没人能拦得住他。

"追！"

漆黑的苍鹰与卫天鹰鱼贯而出，即便在漆黑的夜里，它也能瞧得一清二楚，卫天鹰在刺杀上的凶名，有一半功劳都寄于它。

"这腥风剑客的确了得，护着一名女子，还能在我等合击之下安然脱身，而且，他竟如此年轻！"百里青攥了攥手中的龙泉宝剑，心中难免有些惊讶。

突然，一道白绸从窗外飞了进来，在白绸被吹开的瞬间，云月空那潇洒的身影已经出现在房间之内。

"云公子。"龙泉七剑皆是抱剑施礼。

云月空点点头，拿手指沾了沾地上的鲜血，轻轻抿了一口，这才有些邪异地发笑："这个腥风剑客，有点意思！"

"云公子，我们现在该如何是好？"百里青在一旁试探着问道，其实他心里已有答案，但还是习惯性地请示着。

"活要见人，死要见尸。"云月空抛下这句话，话音未落人已消失，宛若鬼魅。

龙泉七剑刚欲应允，只听得"砰"一声，房间的大门已被几个妙音坊的店小二一脚踹开，这些人来势汹汹显然都是看家护院的痞子。

浓妆艳抹的老鸨风风火火地闯了进来，看着这经过几番打斗已经混乱不堪的房间，以及那足可看到月亮的屋顶，顿时怒火中烧。

"你们是谁啊？来我妙音坊闹事？我们素素呢？你们是不是活腻了，七个老不死的在这里杵着，像木头似的。我告诉你们，这里里外外置办的钱,你们必须加倍赔,否则你们今个就别想走!"老鸨冲着龙泉七剑破口大骂,言罢,还心疼地跑去擦着那角落已经成为碎片的古董花瓶。

"大哥,今日这事……"龙泉剑客看向百里青,示意问道。

"杀,一个不留!"百里青几乎是咬着牙说出的这句话,他何曾遭到过这般侮辱,早已怒火中烧,手中的龙泉宝剑都被攥得吱吱作响。

话音刚落,龙泉剑客就已经蹿了出去,那老鸨还未来得及喊叫,便已经被开膛破肚,鲜血溅了一地……

夜越来越深,风也越来越大。

深冬时节的洛阳城,晚上的确不算美好。

"吱……"

木窗被轻轻推开,紧接着两个人已经悄悄地钻了进来,正是沈无眠和素水心。沈无眠强忍着伤痛,先是探头看了看确认了这间破屋足够安全,这才定下心来。

沈无眠此时的确有些虚弱,即便是再强的高手,被人砍上几剑怕也不会太过好受,更何况都是深可见骨的伤势。

"水心,你没受伤吧?"沈无眠关心地望着素水心,心中已是内疚万分,他终究还是将她卷入了这江湖中。

素水心似拨浪鼓般摇着头,看着沈无眠胳膊上的伤口,咬了咬牙,将自己的外衣撕成条状,紧紧地包扎在沈无眠的伤口处。

包着包着,素水心突然间流出了两行泪。

"放心,这点伤根本不疼。"沈无眠勉强挤出一丝微笑,对着素水心故作爽快地劝说道。

素水心强忍着泪水,哽咽道:"若不是护着我,你又怎么可能被他们伤到?"

沈无眠看着素水心这副模样,心里头有些温暖的感觉,似乎又有了家的感觉。的确,他从来都是独自一人。

十年了,那场浩劫之后,自己从未再有过这样的感受,有的只是永无尽头的噩梦。

沈无眠依稀记得,当那柄山贼的屠刀落下时,是自己的师傅救下了自己,他也依稀记得,那些山贼就是死在他剑下的江南四大贼王。

"水心,别哭了,我们得暂时分开。"沈无眠的眼神坚定起来,抚着素水心如瀑长发柔声说道。

素水心闻言猛地抬起头,委屈地盯着沈无眠,半晌后才开口道:"分开?你不愿意要我了?"

"当然不是!"沈无眠脱口而出,旋即狠狠地将素水心搂入怀中,这才解释道:"我已经被仇家盯上,现在跟我在一起太危险了,我不能让你受到伤害。"

"哪怕死在你身边,我也甘愿。"素水心眼中充满决然。

"水心,记得洛阳城外我们去过的那个破庙么?七日后,我们在那里见。"沈无眠不再停留,他怕自己心软。如果跟着自己,素水心必死无疑。

言罢,沈无眠已经掠出了小楼,眨眼就已经消失不见。

素水心痴痴地望着沈无眠消失的方向,眼中尽是温柔。

次日,清晨。

洛阳深冬的清晨不像往日醒来得那么早。

北风呼啸，冷冽如刀，洛阳城外不远处的一堆不起眼的柴火堆中，沈无眠正蜷缩在旁打坐修养。

昨夜他与素水心离开后，便被卫天鹰发现，一路逃窜不停地变更方向，这才找到暂时的容身之所。但多年游走在刀尖上的经验告诉他，逃亡才是最快的自杀方式。

他实在不愿意再逃下去，但他首先得明白，为什么有这么多人要杀自己。

"快，去那边看看有没有人。"

叫嚷声隐隐自东边传来，距离已没有多远，沈无眠猛地坐了起来，尽力地往柴火堆深处挤了挤，用那些木柴尽量遮挡着自己，双目紧紧地盯着声音传来的方向。

没多久，远处渐渐地浮现出了三个模糊的黑点，慢慢地清晰起来，三匹健马飞也似向这边奔来，三人皆是身穿拜剑山庄锦衣，挥舞着马鞭朝这边奔驰而来。

似是骏马也跑得有些疲累了，也或许是三人见到这边有不少柴火堆能够取暖，三人慢慢地勒绳下马，也是恰巧，他们歇息的地方正好背靠沈无眠隐逸身形的柴堆。

"师兄，这大冷的天，太苦人了。"右侧的年轻剑客有些抱怨地开口。

"是啊，公子爷去争天下第一剑，倒是苦了我们这些底下人。"左侧的年轻剑客附和抱怨道。

年纪稍长的师兄见状也只得连连叹息，从马上取下水囊扔给两名师弟，叹息道："莫说是找不到，就是找到了，腥风剑客可是横扫四大贼王的狠角色，凭我们抓他？"

"拜剑山庄公子爷？"沈无眠心中一凛，怪不得昨夜有那么多高手围剿自己，原来是拜剑山庄想要杀我，可我们又有何仇怨？

右侧的年轻剑客继而道："师兄这话有理，况且腥风剑客可是锄奸大侠，我心中还是有些佩服的。"

"嘘，你不要命啦！"另一名年轻剑客闻言大惊失色，赶忙捂住了他的嘴。

师兄也是赶忙认同地压低了声音道："这话可千万别说，卧龙生当着天下群雄的面说腥风剑客是天下第一剑，公子爷脸面无存，自然是要杀了他泄愤。"

年轻剑客心知自己说错了话，也是赶忙赔笑着道："师兄说的是，是我说错了，若是让我遇到这什么腥风剑客，能要他狗命！天怪凉的，我给师兄烤烤火。"

言罢，年轻剑客已经朝着沈无眠藏身的柴堆一步步走来，欲要取柴生火，一旦取走这些遮眼的木柴，沈无眠一定会无处可藏暴露身形，到时候他要面对的就是整个拜剑山庄以及神鹰岭龙泉剑的围剿。

沈无眠已经悄悄地将剑举了起来，随时准备刺剑。

一步，两步，沈无眠的心脏随着脚步在跳动。

"师弟罢了，生火就会起烟，万一被公子他们发现就糟了。"师兄沉吟了半晌这才有些垂头丧气地开口道。

"哦对，哈哈哈，还好有师兄，我差点又办了蠢事。"师弟闻言也是一阵后怕，若是被公子爷发现自己等人偷懒，那处罚他可不敢想象。

大约等了两炷香的工夫，那三人这才养足了精神，起身离去，离开了柴火堆。

"哎呀，我们的水囊忘在柴火堆了。"右侧年轻的剑客突然开口，显然糊里糊涂已是常性。

"你们呀，怎么不长记性？快去快回！"师兄有些无奈地训斥了一句。

"是，我们去去就来。"两名年轻的剑客边往回跑边回答道，话音还没落下，就已经一溜烟地跑了回去。

身在柴火堆里的沈无眠瞧着几人都已经离开了视线范围，这才缓缓探出身子来。

"呼……"沈无眠悄悄舒了一口气，心中的大石落下，紧绷的身子难免放松了几分，哪知却不小心碰落了几根木柴。

"谁！"

一名年轻的剑客惊呼一声，他手中正拿着刚找到的水囊。

沈无眠心中大惊，显然没注意到回来找水囊的剑客，如今这局面已是箭在弦上不得不发。

"飕！"

寒光一甩，剑身的轻吟声破风而来。

那年轻剑客惊呼着就想抵挡，还未来得及拔剑，就已经被沈无眠射出的长剑穿透了心脏，挣扎地摔倒在雪地里。

沈无眠飞身落下，将插在那剑客心脏中的长剑拔起，腥红的血珠顺着剑尖横飞而出，溅了一地。

"师弟，怎么回事？"另一名回来取水囊的年轻剑客寻声过来，看到血的那一瞬间，他就知道自己惹到麻烦了。

年轻剑客几乎是第一时间从怀中掏出了一个哨子，这东西叫万里惊，是拜剑山庄特质的求救信号。

"死！"

沈无眠半空中身形一扭，手中长剑猛地平刺而出，很快，很稳！

年轻的剑客转身便跑，他知道自己不是对手，同时用力地吹着口哨，他心中还有一丝侥幸。

但奇怪的事发生了，当他用力吹的时候，却发现怎么都吹不响，正在他疑惑时，他眼前的事物都已经变得有些模糊起来。

他又跟着跑了两步，越来越慢，只觉得一股热流涌上心头，旋即，身子一软，倒在了血泊当中。

如果他还有意识的话，一定会发现有柄雪亮的剑插在自己咽喉。

沈无眠飞身过来，抚起一块冰雪，细细地擦拭着雪亮的剑身，淡淡的血渍缓缓化为血水流下。

还好这是深冬，风雪很大，呼喊声没有往常传得那么远。

还好这是深冬，风雪很大，血的味道也没有往常那么腥。

半晌后，沈无眠在半空中身形一扭，已经不见踪影，既然暴露了行踪，那就要快点离开，他早已想好了绝佳的藏身之处。

奇怪的是，沈无眠所过之处，从未留下任何脚印。

踏雪无痕，无迹可寻，这份轻功堪称绝世。

大约在沈无眠离开的一炷香后，那名去牵马的师兄才觉得事情不对跑了回来，看着两名师弟覆盖着些许风雪的尸体，他终究还是吹响了那枚号称万里惊的口哨。

"嗒嗒嗒……"

洛阳城外的大道上马蹄声不绝于耳，翻滚的雪花飞扬，足有数十名拜剑山庄弟子御马驰来，他们的目的地，自然是柴火堆。

尸骨被风雪掩埋了多半,遍地白雪的地方上夹杂着些许殷红的雪块,在这样的映衬下,两具尸体更加令人惊心触目。

几十名拜剑山庄弟子围绕两人的尸体窃窃私语着,而云月空和卫天鹰正在查验尸体。

"一剑封喉,腥风剑客果然厉害。"卫天鹰翻着尸体的咽喉,眼眶微跳,他很清楚如果单打独斗,他根本不是沈无眠的对手。

"杀了我拜剑山庄的弟子,还不漏风声,腥风剑客,我对你越来越有兴趣了。"云月空双眼如刀,望着四周的林子,似是自言自语道。

"云公子,我查过方圆十里,没有留下任何脚印。"卫天鹰看着云月空,犹豫了半响,这才认真说道。

云月空点了点头,转身看向不远处那名吹响哨子的拜剑山庄弟子,此刻他早已抖若筛糠,仿佛着了魔,他宁愿面对沈无眠,也不愿意在发生这种事后,见到自家公子爷。

"你很怕我?"云月空一步步走到那弟子身前,冷语喝问道。

拜剑山庄的弟子闻言早已吓破了胆,只是打着冷颤什么却也说不出口。

"废物,我拜剑山庄不养无能之辈。"云月空抛下这句话,旋即转身离去,然而还未待那拜剑山庄弟子反应,只见卫天鹰肩头那只漆黑的苍鹰已经朝着那弟子冲了过去,瞬间就将其眼珠叼瞎,接着一口一口活撕着他的身体。

卫天鹰则是跟在云月空身旁,不敢多言。

"吩咐下去,通知所有人。现在起,最少十人一组,见到腥风剑客,第一时间吹响万里惊。我会在第一时间赶到,记住,就算是死,也要给我拖住他!"云月空显然有些情绪波动,已经动了些许真怒。

"得令!"

数十骑前来领命的拜剑山庄精英弟子齐声应诺,眨眼工夫已经各自分散离去,训练有素,俨然已经是军队作风。

看着拜剑山庄弟子都纷纷离去,卫天鹰这才凑上前去,迟疑问道:"云公子,依您之鉴,腥风剑客应是逃向何方?"

云月空嘴角弯起,意味深长地道:"大隐隐于市,小隐隐于林,恐惧未知是人的本能,他绝不是相信最危险的地方最安全的人,一定是逃入秦岭深处了,因为只有在我们同样陌生的环境里,他才敢与我们如此多人周旋。"

"云公子明鉴。"卫天鹰显然很是认同,附和应是。

云月空沉默不语,只是望着天边,也不知道心里在琢磨些什么。

不过他猜得的确很对,沈无眠的选择,和他说的几乎没有任何偏差。

第三章 雪海飘香

忆昔年少傲寒梅,
奈何风刀岁月催。
一波未平一波起,
雪海剑客何处归?

转眼已是正午，雪雾终于散开了些，但对逃亡中的腥风剑客来说，并不算什么好事。

"飕！"

风雪冻干了他身上的血渍，也彻底冻坏了穿着一身被汗水湿透衣裳的沈无眠。他不敢停下脚步，而且不停地在变换方向，有时甚至会故意留下几个脚印。

其实自从进了这片秦岭深山，白天黑夜就已无所谓了。深冬的树林中本就黯然无光，即便是白天，也是漆黑一片。这片树林深得出奇，枝叶也浓密得很，进入了七八丈之后，已经可谓是百米见方的视野，前方是无尽的黑暗。

人总是恐惧未知的，当心中有故事的人身处黑暗，总会有很多事会被幻想出来，而且越来越逼真，就好像身处其中。

江湖中都知道蹿出来了个腥风剑客，却不知道他师从何门，家住何处，这一切，早就被沈无眠深深地埋在了心底。

沈无眠不断地在林子里摸索前行，灵魂却回到了那个漫长的噩梦……

十三年前的那个冬天，风雪来得远比往年要早，竹林深处的那个宽阔的院子里早已铺满白雪。

一名披着棉袄头戴毡帽的少年傲立雪中，手持一柄雪亮的长剑，正迎风而舞，抽刺戳扎间，将周围树叶上的积雪也都震得簌簌而落。

"梅雪逢春！"

少年轻叱一声，将手中长剑狠狠扬起，腰马合一，全身的力量集中在双手间，猛地将其向前掷出！

"飕！"

剑身带着轻吟声破风射出，擦着一些树叶，震得积雪纷落。长剑迅猛地提速，既而精准地戳在院子里立着的那个稻草人身上，嗡嗡作响，铮鸣声久久不息。

"剑客一定要记住，剑不离手！"

忽然一道人影自少年身旁飞蹿而过，将那柄插在稻草人身上的长剑拔了下来，掷回给少年。

"父亲，孩儿知错了。"少年吐了吐舌头，微垂着头站在风雪当中，偷偷看着自己的父亲，那是最受江湖人敬佩的大侠，他早已是个传奇。

关中大侠，沈凌风。

父亲的身材不算魁梧，长相也较为平庸，背负着一柄长剑，他总是穿着一袭青色缎袍，腰间绑着一块龙凤翠玉。他说江湖中需要清风明月，而他希望自己就是那股清风。

"我儿，你的悟性已算上乘，不过高速出剑时你的力度还差些，以后你每日需多加练五百次平刺。"沈凌风看着儿子，虽然是在指点，但言语中难掩满意之情。

少年得到父亲的夸赞，被风雪吹红的小脸上也是绽开了开心的笑容，那是发自内心的笑。

"大哥，贤侄不过才七岁，有如此剑法已是不易，切莫揠苗助长啊。"一个身材魁梧，浓眉大眼的汉子从屋内走了出来。

"宝剑锋从磨砺出，梅花香自苦寒来，我又何尝不想让他轻松些？"沈凌风闻言摇了摇头，无奈地苦涩叹息。

"焦三叔！"

少年见到来人，登时高兴无比，快步冲进了那魁梧汉子的怀里，显然非常熟识。

这魁梧汉子名唤焦铜卫，是沈凌风的结拜兄弟，原本是少林寺的高手，还俗下山后便独自闯荡江湖。因为他金钟罩铁布衫的功夫很是精妙，因此江湖人称铜皮铁骨焦三爷。

"我瞧瞧，好家伙，身子骨又硬实了不少嘛。"焦铜卫抱起少年，用有些扎人的虬髯胡茬蹭着少年那粉琢玉雕的脸蛋，直逗得少年嘻嘻发笑。

沈凌风看着两人亲昵的模样，无奈地笑了笑。自己有时候的确太严格了些。

焦铜卫笑呵呵地将少年放到了地上，从怀里掏出了一个精致的拨浪鼓："小家伙乖，拿着这个去屋里玩，叔叔和你爹还有话要谈。"

这个年纪的孩子大多爱玩，见到这精致的玩物哪里还顾得上人，攥住拨浪鼓便蹿进了屋里。

"焦老弟，你今日过来有事？"沈凌风的语气有些好奇。

焦铜卫先是瞧了瞧四周，接着将院子的大门轻轻闭上，这才走到沈凌风面前。

"大哥，那件事有眉目了。"焦铜卫一脸凝重，这本是件令他兴奋的事，但得知详细后却又觉得味同嚼蜡。

"有眉目了？是谁？"沈凌风语气迫切而紧张。

焦铜卫有些难以启齿，双拳紧攥，沉默了半晌都没说出话来。

"焦老弟怎的如此作态，难道……"沈凌风浑身一震，如遭电击，脚下一个不稳，差点摔个跟跄。

焦铜卫拿出一张牛皮信纸，边拆边分析道："我派人彻查了方圆三百里，追踪了所有的车马脚印，最终说是……"

"说是什么？"沈凌风语气十分紧迫。

焦铜卫看着大哥如此作态，也不再隐瞒："说是……大哥小心！"

"飕飕飕！"

三枚柳叶飞刀自院外猛地破风射来。

沈凌风背上的剑几乎是瞬间便到了手中，眨眼工夫便将暗器击落。

"江南四大贼王，前来拜会沈大侠！"一声格外刺耳的怪叫声从门外传来。

还未等两人回话，千百支的弓弩组成的箭雨已经从天而降，箭头皆是精钢打造，绑着一些易燃白绸，带着浓浓的尾焰攒射过来，扎在竹子搭建的别院上，瞬间燃烧起来。

"雨落云飞！"沈凌风手腕一抖，长剑带起阵阵幻影不断挑飞那些弓弩，身形辗转腾挪间，步伐极为精妙，再加上焦铜卫铜皮铁骨的外家功夫，两人合力之下，防守得固若金汤。

外面刀剑声此起彼伏，不绝于耳，甚是嘈杂。

七岁的少年躲在屋内的角落，早已吓丢了魂，他还不知道发生了什么事，正玩拨浪鼓的他被什么江南四大贼王的叫声吓了一跳，紧接着眼前就已经是成片烧起来的大火。

他已经忘了那天胆战心惊了多久，他只记得门外一直响起人们凄厉的惨叫，刀剑声也一直都没再停过。

"快走！"一只宽阔的手掌突然拎起了七岁的少年，没有丝毫停留，用尽全力地朝竹林深处狂奔。

"焦三叔！"被抱着奔出了数十步，少年这才认出来人，正是父亲的结拜兄弟焦铜卫。

只是此刻的他，形象实在不算好，鲜血已经染红了他大半个身子。江湖人称铜皮铁骨的他，此刻全身上下已经几乎找不到一块完好的皮肉，几十处伤痕在他结实的身体上肆意地纵横排列，深可见骨的伤口实在令人触目惊心。

"爹爹呢，焦三叔，爹爹呢！？"七岁的少年这时才注意到自己那个被江湖人所敬仰的大侠父亲并没有跟上来。

男儿有泪不轻弹，只是未到伤心处。

焦铜卫没有理会少年的提问，尽管少年一直在叫嚷，他一双虎目中噙满了豆大的泪珠，他发了疯似的狂奔，连最敏捷的豹子也追不上此刻的他。

终于，竹林眼瞧已经跑到最深处，看到一条曲曲歪歪的小径，那是上山的土路，巍峨万里的秦岭山。

"扑通！"

焦铜卫脚下一个趔趄，摔滚在地，他身上的血似乎都已经快要流干，魁梧的他此刻显得那么虚弱。

"焦三叔，你……"七岁的少年惊恐地捂着嘴巴，尽力克制自己内心的不适感，这太过血腥的一面，对于他这样的孩子，未免太过残忍。

焦铜卫一双虎目都已经充血变成了红色，但却依旧努力地睁着，盯着那名恐惧的少年："跑，快跑！"

七岁的少年边哭边摇着头，他脑子里一片空白，两条腿因为害怕，此刻根本不听使唤。

"跑！快跑啊！别让任何人见到你……"焦铜卫回光返照般挣扎地撑起身子，一点点爬向那因为害怕而号啕大哭的少年，用尽了全身的力气咆哮着，他本想再说些什么，可从口腔里涌出的大片鲜血已经让他无法开口。

似乎是被这声咆哮惊醒，那七岁的少年望了望焦铜卫此刻极端狰狞的面目，这才疯似地转身向秦岭山深处狂奔。

少年此刻的心中，还在惦念着自己的父亲，那个受人敬仰的剑侠。其实也无须惦念，因为一炷香后他就已经知道了父亲的去向。

少年发足狂奔到了半山腰，已经喘不上气，于是便爬上了一块巨大的岩石后，遥遥地望着山下，他甚至还能依稀看到那趴在地上不知生死的焦铜卫。

少年很久之后都在后悔为什么要看这一眼，因为这是他见过最可怕的画面。

半晌后，数十人乘着快马找到了焦铜卫的尸骨，为首下马的是一个头戴斗笠身穿长袍的神秘人。他手持一柄漆黑细长的单刀，狠狠地砍下了焦铜卫的头颅，血溅了一地。

神秘人仰天大笑，从地上将焦铜卫滚落的人头拎在手上，这时山崖上七岁的少年才注意到，这神秘人手上本就拎了一颗染血的头颅。

尽管已经染满鲜血，但那颗头颅少年还是在第一眼就辨认出来。那是自己的父亲，那个自己最崇敬的大侠，那个立誓要做清风明月的剑客，关中大侠，沈凌风。

沈凌风的眼睛没有合上，似乎也在遥遥地望着山崖上的那年仅七岁的少年，有些慈祥，又有些不舍。

沈无眠其实很想一直这样看着父亲，但却无能为力，噩梦终究会醒，生活中得不到的美好，梦中也是一样。

"爹！"

沈无眠猛地惊叫一声，惊慌的身子下意识僵住，看了看周边昏暗的树林，这才如梦方醒。

"又是这个噩梦。"沈无眠有些深恶痛绝地叹息一声，他为自己更名无眠，就是希望不再有噩梦缠身，但也不过是痴念罢了。

也幸好他此刻已经逃到了林子深处，否则单是刚才那声惊叫，或许便已经惊动了拜剑山庄的搜捕的人。

沈无眠定了定神，昏暗的林子里根本无从分辨方向，只能自顾自地不停往前闯。

与沈无眠这份紧张不同的地方，自然便是一直宁静致远的莫问峰。

卧龙生的白纸扇永远拿在手上，不论春秋冬夏，

或许是诗书万卷的人都这般模样。

卧龙生正倚坐在凉亭里布着棋局，与他对弈的自然便是那有些泼辣的侍女长歌。

"主人，奴婢不懂，您为何要将天下第一的名头送给沈无

眠？"长歌一边落棋一边开口道。

"你以为天下第一是什么好事不成？那可是个烫手山芋。"卧龙生吟吟自喜地笑道。

长歌点了点头，表情更加疑惑："可沈无眠不是您的朋友吗？您又何必置他于死地？"

"成局！"

卧龙生高兴地笑了一声，只见棋案上的白棋已经尽数被卧龙生的黑棋包围，俨然已是死局。

"长歌，你且再落一子试试？"

"主人智慧无双，是长歌输了。"

"未必！"

卧龙生轻轻地捻起一枚白子，在棋局边缘处落下，看似平淡无奇毫无用义的一步棋，竟瞬间将整盘棋局由死转生，而且占据上风。

"置之死地而后生，你可懂？"卧龙生用白纸扇轻轻挑了挑长歌那白皙的下巴，邪魅笑道。

长歌凤目微扬，甜甜一笑，依偎在卧龙生怀里："主人就不怕沈无眠死了？"

"破而后立，我需要的棋子是天下间最锋利的剑，而非一个剑法卓绝的剑客而已。"卧龙生面色一变，似是自言自语地呢喃着。

长歌见状也不再发问，只是很享受地依偎在卧龙生怀里，沉默不语。

夜风飒飒，卷席呼啸。

这已是腥风剑客被追杀的第三日。

夜晚的秦岭山一定是恐怖的，因为在这座古老的山脉中，蛇虫走兽无数，而且作为兵家必争之地，秦岭山中也遗留着许多暗器陷阱。

因此，敢在夜晚自秦岭山赶路的人，多半都是经验丰富的好手，所以夜晚对于逃亡的沈无眠而言，相对安全。

蜿蜒的山路上缓缓走来一名身穿布衣头戴斗笠的剑客，那是变装后的沈无眠。静静地走在崎岖的山路上，享受这份昏暗中的宁静。

"阴阳五行，十卦九灵！"

吆喝声自不远处传来，沈无眠应声望去，只瞧得一个有些邋遢的佝偻老道士举着面幌旗懒洋洋地迎面走了过来。

这大夜的天，怎还会有人算命算卦？

沈无眠表面不动声色地继续赶路，实则提起了十二分的精神，手掌也悄悄摸到了剑柄上。

就在两人错身相交时，那佝偻老道士突然开口道："公子，算一卦吧？老夫瞧你印堂发黑，眉间有煞，命盘中带着些血腥气，恐有血光之灾啊。"

"不必。"沈无眠脚步没作停留，多一事不如少一事，他只想离开。

老道士也没有阻拦，就在沈无眠已经要离开视线时，老道士这才有些感慨叹道："可惜呀，年纪轻轻的公子竟是位天煞孤星，克父克兄啊！"

"锵！"

沈无眠的长剑已经出鞘，箭也似的冲向那名算卦老道，父亲的死一直埋藏在他心中，是为禁忌。

"脾气真暴啊。"算卦老道随手挥出一指，猛地引起一阵破风声连连响起，似乎空气都在此刻颤抖起来。

"叮叮叮！"

沈无眠手中长剑兀地铮鸣起来，雪亮的剑身上竟爆出一团团如同金铁相交般的火花。

这老头果然有古怪！

沈无眠心中一凛，握剑的右手虎口传来一阵酸麻痛感，这种伤人与无形的邪门功夫，实在可怕！

"年轻人，拿出点拼劲来。"算卦老道士戏谑的笑声响起，还未待沈无眠反应，又是一指劲气戳来！

"砰！"

沈无眠一个空翻跃了起来，指风劲气几乎是擦着他的脚边射过去的，他刚跃起的瞬间，先前踩的那地方便已经炸得开一个拳头大小的坑洞，烟尘四起。

沈无眠不敢再大意，手中长剑挥舞，招展风中，凛凛剑光在夜里显得那般闪亮，身形辗转腾挪间不停变化步伐，尽力地躲避着那一道道诡异莫测的指风劲气。

"名噪江湖的腥风剑客，就这点能耐？"算卦老道士似乎是失去了兴致，突然挥指弹出了一滴水珠，那是一滴非常通透且明亮的水珠。

"锵！"

沈无眠反应很快，第一时间便挥剑迎了上去，但也几乎是咬着牙拼了命才接下这招，因为他握剑的手掌已经不争气地渗出点点血渍。

"可惜，可惜呀，关中大侠沈凌风的嫡子竟只有这点本领，腥风剑客独步江湖？不过是勤能补拙罢了。"算卦老道士失望地仰天长叹，似乎有些触景生情。

关中大侠，沈凌风！

这是沈无眠埋在心底最深处的秘密；他从未给人讲过，他原以为这世上不可能有人知道，可眼前这邋遢老道偏偏就十分清楚。

"你究竟是谁？"沈无眠杀气腾腾地发问，一头如风般的发丝飘荡，双目泛寒。

算卦老道士颓丧地瞟了一眼，也不回答，摇摇头，负手欲走。沈无眠几乎是瞬间挺剑追了上去，迎面而来的却是三道凌厉的指风劲气，直逼得沈无眠连连退步。

"自生自灭吧，想问我来路，你的剑还不配。"算卦老道已经立起的指尖并未再戳出去，注视了沈无眠半晌，转身离去。

沈无眠的双目越来越冷，攥着剑柄的手掌愈发用力，记得儿时父亲曾告诫自己：江湖险恶，为父虽然传你这套无痕剑法，但你切忌莫要滥用，为父一生行侠仗义，结下不少仇怨，若是你的剑法被人认出，怕会招来大祸。

这段话沈无眠一直铭记在心，也一直做得很好。这世上已没有人知道他是如何斩杀的江南四大贼王，因为见过他这剑法的人，都已死了。

"沈凌风，老夫可是信守诺言的来了，可你却是骗了我啊。"算卦老道神情低落，本就邋遢的身影更显佝偻。

"雨落云飞！"

沈无眠轻叱一声，手中剑锋猛地扭转，脚步瞬间提速，人与剑刹那间几乎快过了疾风。沈无眠似满月之箭般朝着算卦老道后心猛刺而去，凌厉果决。

"这是……沈凌风的无痕剑法！"

算卦老道双眼一亮，不再轻敌，双手食指并出，无形劲气纵横激荡，与沈无眠插招换式拼斗起来，边打还忍不住夸赞了一句，显然对这剑法颇为欣赏。

"风雷逐月！"

沈无眠身形一扭，剑尖点地借力掠起，自长天冲着算卦老道头顶笔直刺下。去势很快，而且不似平常剑法那般一味迅疾，这一剑不动如山，不偏不倚，这一剑声势浩大，宛若晴空惊雷！

"来得好！"

算卦老道双掌合十，仿若风暴般肆虐的浑厚内力自老道丹田为原点骤然爆发，只见其双掌如似铁铸，猛地将沈无眠刺来的一剑擒住，以肉掌硬接风雷逐月这绝杀之剑，当真是闻所未闻。

沈无眠用尽全力才挣脱开，内力的震荡让他连连退开四步，只觉得五脏六腑的血气都在翻腾不息。眼前这老道士未免太强，这种夺天造化的强横内功，他从未听说过，更别说亲眼见到。

"小子，莫说是你，就算是沈凌风亲自来，也伤不了老夫。"算卦老道士有些得意地笑起来，显然因为这套剑法的出现，他对于沈无眠的看法已经有了些许改观。

沈无眠盯着算卦老道，大口喘着粗气，这一刻他犹豫了，眼前这名老者武功之高已超出他的想象，但见到无痕剑法之人必须死！

"呼……"

沈无眠长长地深吸了一口气，尽量让紧绷的身体平静下来，双目中充斥着点点寒光，死死地盯着算卦老道士，少年头戴斗笠，手持三尺青锋，傲然而立。

"怎么？还不肯放弃？嘿嘿，小家伙很有韧性嘛。"邋遢的老道士疯疯癫癫地笑起来，但内功的气势却在不断上涨。

"你我今日，必死一人。"

沈无眠瞧着邋遢老道，咧嘴轻笑了笑，似是不屑。

"你等等，我算算……嘿小家伙，我这命盘倒是硬朗，活到百岁也是容易。"算卦的老道士若有其事地捏了捏手诀，这才念念有词地得意道。

"锵！"

沈无眠的速度在这一瞬间提升到了极致，手中长剑泛起淡淡寒芒，眨眼间便已横空斜削而出，笔直地刺了过去，那是至简至繁的一剑，时而化作万千星点，时而化作奔雷一闪。

那一剑，的确很快！

那一剑，已经快到无迹可寻。

剑法本是死招，但在不同剑客手中便是不同的演绎。无痕剑法本是沈凌风的成名绝学。一人一剑，力压岁寒三剑客，从此名噪江湖，封号关中大侠，更甚有人称无痕剑法乃是天下间最神奇的剑法，无形剑气伤人，那已是极致。

"这么邪乎？"

邋遢老道士惊呼出声，他的手中不知何时握住了一把剑，那是把宽大的剑，也可能根本无法称之为剑，那或许只是一块磨尖了的铁。

邋遢老道士手中宽大的剑猛地平扫而出,直来直往,哪里还像是轻盈的剑法,仿佛是一柄开山斧般横冲直撞。两柄剑转眼已经碰上。

剑影交织间,只听得"刷刷刷刷!"破风声不绝于耳,不过眨眼的工夫,两人已然连出了十八剑,剑剑都是要命的招式。

"这小家伙,怎么越斗越狠了?"邋遢老道士心下一惊,手中那柄宽厚的剑也不敢停下,这剑法大开大合,哪里有精妙可言?只是一味地攻敌要害,全身上下空门大开,俨然是不要命的打法。

但说来奇怪,这般搏命的剑法,每逢关键时刻,却又剑剑都能格挡招架下来,在表面开山断玉的强硬下,似乎又有些滴水穿石的柔软。

沈无眠整个人已经进入到了一种忘我的境界,长剑抽扎刺戳间如臂指使,似乎剑已是他身体的一部分般。那似乎是天地般的感悟,对武者而言,那是比金山银山还珍贵的事情。

父亲,剑客当真就要剑不离手么?

沈无眠突然有些异样的感悟,从小父亲就告诫他,剑客绝不可手中无剑。可即是有剑,便是有形,但父亲这剑法偏偏又称无痕剑法,当真有些自相矛盾。

"前辈,接我一招无风剑法!"

沈无眠突然清醒过来,手中长剑一抖,猛地平刺而出,这一剑没有往常那么有声势,只是简单的平刺,但却很快,几乎眼球无法捕捉。

"嘶啦!"

沈无眠的剑尖直接穿透了邋遢老道士身上穿的脏兮兮的道袍，而算卦老道的也一剑横扫也接踵而至，那宽大的剑身几乎是瞬间便将虚弱不堪的沈无眠狠狠击晕在地。

"我……我被刺到了？"

邋遢的算卦老道士看了看自己的被刺烂的道袍，又看了看那昏迷在地的沈无眠，它眼神中透着震惊，又有些不可思议。

"凡铁也敢与神兵争锋？"

愣在原地呆了半晌，这才缓过神来，从地上捡起那柄沈无眠的佩剑，那柄剑早已裂纹满布，眼瞧已是用不成了。

"无风剑法？有意思。"

算卦老道士随手将长剑插在地上，望着昏迷中的沈无眠，嘴角慢慢浮现了些许笑意。只见他吹了声口哨，一匹通体黝黑的快马良驹便已应声奔来，载着一老一少飞驰而去。

约莫在几人走了一炷香后，这条平凡无奇的秦岭山道交叉口突然响起震耳欲聋的骏马奔驰声。寻声望去，秦岭山道北面缓缓驰来数十骑拜剑山庄的精英弟子，手中高举的火把，将黑夜烧得通明。

而飞驰在数十骑骏马之前的，正是一袭黑衣，手持弯刀的卫天鹰。他头顶的半空中盘旋着一只漆黑的苍鹰，正翱翔于天际，显然是在为大部队指路。

"吱！"

苍鹰突然长啸一声，紧接着便扎头滑翔下去，精准地落在了那柄被算卦道士随手插在地上的沈无眠佩剑。

卫天鹰是第一个跑过来的，因为他清楚天下第一剑对云月空有多么重要,他也更加清楚,得到拜剑山庄的助力对自己又有多么重要。

"腥风剑客的佩剑!"

卫天鹰一把拔出那柄佩剑,看着那裂痕遍布的剑身,无法抑制地笑了出来。

其实沈无眠的佩剑并不算上好的兵刃,只是他用习惯了。他一直坚信,神剑之所以是神剑,是因为它握在剑神手中,只要自己剑法入了臻境,便是拿根木头,也是天下第一!

"快,所有人全部散开,东西南北分兵搜索,他一定跑不远,记住,哪怕是一个树洞,也要给我刺两剑再离开!"卫天鹰将佩剑拴在马鞍上,大声发布着一条又一条命令。

腥风剑客,你是我的!

第四章

风雷逐月

浮萍漂泊本无根,
天涯游子君莫问!
侠影迷踪知何处?
潇洒一剑了无痕!

次日，清晨。

淡淡的雪雾笼罩在沈无眠鼻尖，下意识地轻轻嗅了嗅，便被冰凉地打了个喷嚏。

"我……这是在哪？"沈无眠努力地睁开双眼，眼前的事物尚还有些朦胧，耳边依稀能听到潺潺流水声。

揉了揉眼睛，定了定神后，这才发现自己正置身一艘小船中，虽然简陋但木料却是极其讲究，显然不是载客的船只。

河面上有许多雾气漂浮，氤氲着浓浓白雾，沈无眠尽力眺望，也根本看不到三丈之外的景况。

"小家伙，三天三夜才醒，你这身子骨也未免太过娇气。"懒散的笑声自船篷内传出，沈无眠应声回头，只瞧得那手持酒壶的邋遢老道士摇摇晃晃地走了出来。

沈无眠几乎是瞬间坐了起来，却又因为疼痛不禁龇牙吸了口凉气。

"你将我带到这儿的？我的剑呢？"沈无眠警惕地盯着老道士，旋即目光又柔和了下来。

邋遢老道士便把玩着酒壶边随意搭腔道："剑……我当然扔

了,否则我怎么杀你?"

沈无眠这才缓缓站起身来,慵懒地伸了个懒腰,盯着老道士笑言:"我昏睡了三天三夜,你若想杀我,早动手了。"

"我只是想把你绑了送去拜剑山庄换钱。"邋遢老道士表情一变,杀气腾腾地盯着沈无眠。

沈无眠闻言则是更加安逸,随意地坐在船板上,然后轻轻瞧了瞧船篷的木料,又嗅了嗅,这才悠悠开口道:"连一艘小船都用黄花梨打造的算卦道士,如果真的缺那千两白银,沈某认命便是。"

邋遢老道士一时语塞,愣在原地呆了半晌,这才撇了撇嘴:"你这小家伙,一点意思都没有。"

只瞧老道士缓缓走到船尾,捡起船板上的竹竿,也不多说,竿几下起落,小船便顺着水流向前猛蹿。其快如箭,片刻就已在百丈之外,前面是一片芦苇荡,近水的芦苇花甚至触及水面。

"好香啊!"沈无眠坐在船头,嗅着莫名的奇香不禁赞了一声。

"小家伙,那是无情花的味道,你若不想英年早逝,就最好屏息静气。"老道士有些讥讽地提醒道。

"无情花!你怎么不早说?"沈无眠猛地一惊,赶忙闭上了正在深呼吸的口鼻,有些懊恼地看着老道士。

邋遢老道士又饮了一口美酒,人畜无害地笑了起来,显然他更喜欢活泼些的年轻人。

小船蹿得极快,不过一炷香的工夫,已经驶进了一片浓浓的芦苇荡。

芦荡暖人,只是可惜整条小船仿佛已被烟雾吞没,恐怕即便是有人站在五步之外，也根本无法看见。这般诡异的地方，连沈无眠这种最优秀的杀手都已分辨不清方向，但老道士却依旧轻车熟路地撑着竹竿，神态悠闲。

终于，在迷雾中再次行驶了一刻钟后，小舟缓缓靠岸了，迷雾也淡了不少，隐约可见一座苍郁的大山。沈无眠抢先跳下了船，心中不禁叹了一声脚踏实地的感觉真好。

"飕！"

猛地，几条黑线朝着沈无眠攒射而来，定神一看，才发现是三根浸满蛇毒的弩箭！

沈无眠还未来得及反应，只听得"叮叮叮！"一阵脆响，袭来的弩箭已被身后的算卦老道士用指风劲气尽数击断。

"你最好跟紧我，否则恐怕神仙也难救你。"老道士叮嘱的话音未落，沈无眠已经站在了他身后。

老道士缓缓走到山脚下，随手用剑斩开了些遮蔽的柳条枝杈，原来这些障眼法后，藏着一个巨大的石门。老道士将其上的石锁扣左旋右扭了几下后，石门终于应声而开。

沈无眠看到石门里的情形，差点没惊叫出来，因为先前那平淡无奇的石门之后，藏着的是一所类似古战场祭坛般的地方，放眼望去，成千上万柄锈迹斑斑的长剑插在无数具森然白骨上，难以想象当年这一战，究竟是多么惨烈。

"小家伙，进来吧。"邋遢老道士瞟了一眼被震惊的沈无眠，招呼了声便迈开大步往里走去。

沈无眠迈步跟上，这片古战场般的祭坛实在大，纵深足有百丈，但他根本没想到，这也不过是个入口罢了。

当沈无眠跟着老道士走进那条曲曲歪歪的小径走廊时，他已经痴了。

那是条仿佛没有尽头的昏暗通道，曲曲歪歪，阴冷潮湿，一路上都烧着火盆，火苗不停地跳跃似乎随时都会熄灭，这气氛实在不算好。

但沈无眠早已痴了，因为这通道两旁都刻画着栩栩如生的画卷，画的是成千上万个体态各异的剑客迎风舞剑，一招一式皆是千锤百炼而来，剑招是那般精妙。

"平沙落雁，衡山剑法？"沈无眠突然愣住，瞧着那极为眼熟的剑招，然而还未等老道士回答，他就已经明白了。因为接下来的招式他有不少见过的。

"三环套月，这是华山剑法！"

"峨眉剑法，好一招有凤来仪！"

"这是少林降魔剑法，我曾见焦三叔使过！"

通道两旁的壁画剑法越来越精妙，看到最后那一段路，沈无眠都已经无法分辨究竟是哪路剑法。但每一招都极其刁钻，内涵上百种变化，这等出神剑法又岂是凡人所能及的。

"前辈，这地方是哪儿？怎么会将剑法神技刻在墙壁上？"沈无眠忍不住开口。

老道士却是不屑地嚷道："狗屁剑法神技，不过是些画蛇添足的小伎俩罢了。"

"这乃是无上精要的剑诀，你怎能如此放言？"沈无眠顿时气结，反驳道。

老道士眼睛翻了翻，随手一指劲风将燃得正旺的火苗熄灭，这才意味深长地道："难不成你比老夫还要懂剑？"

沈无眠不再搭理这疯疯癫癫的老道士，只是更加用心地在脑子努力推演着壁画上的精妙剑法。

老道士走过去猛地敲了一下沈无眠的脑袋，打断了他的推演，还未等沈无眠说话，老道士便已经改了表情，严肃地盯着沈无眠。

"前辈，你这是做什么？"沈无眠被盯得有些心里发虚，他根本无法预测这个疯道士会做些什么。

老道士看着沈无眠那心虚的表情，好不容易板起来的脸瞬间笑了起来："小家伙，这地方就是逍遥剑冢。"

"什么逍遥剑……等等！你说这是逍遥剑冢？"沈无眠兴奋地差点晕过去。

逍遥剑冢，那是每一名剑客梦寐以求的地方。

传闻百年前有一剑客武功独步江湖，其剑法之精妙，已是出神入化，可谓前无古人后无来者。此人用了十年时间，先后挑战了武林中最具声望的一百二十三名剑客，无一例外，全部获胜。

不，应该说根本没人能接他一剑。

这名剑客继而又创立秦川剑派，武林中无人不想加入其中，让他教剑授武。秦川剑派威名之响，甚至连朝廷都不敢轻捏胡须。

后来这剑客发觉天下间没有任何再能让他超越的目标，于是解散了秦川剑派，归隐山林，埋剑深山，将其命名为逍遥剑冢。

百年以来，江湖人不断探索搜寻，但这剑冢却好似不存在一般，极难寻到。即便是好运找到了，能活着出来的也是极少。

但这些存活之人，无一不是独步江湖的大侠，甚至就连现今江湖中的各大剑派掌门祖师，也大多都是当年秦川剑派的弟子门生。

"逍遥剑冢……真的踏破铁鞋无觅处，得来全不费工夫啊。"沈无眠有些哽咽地望着四周，这是每一名剑客的梦想。

"小家伙，你想要得到什么？"老道士似是有些意外地看着沈无眠，他原以为这腥风剑客没有什么贪念。

沈无眠转过身来，盯着老道士，那双清澈的眼睛里映射出复杂的意味，血与火的交织。

"扑通！"

沈无眠猛地双膝跪地，倔强地跪在老道士身前，泪水已经噙满了他的双目，那是因为心中滔天恨意泻出的泪水。

邋遢老道士显然有些意外，赶忙侧身让过这一跪："小家伙，你这是做什么？"

"无眠恳求前辈赐剑。"沈无眠以卑微的姿态不住乞求。

邋遢老道士已经有些动怒："好男儿跪天跪地跪父母，你却为了区区一柄剑跪我？"

沈无眠闻言沉默了下来，半晌后这才开口："前辈应知道，家父沈凌风。"

"不错，我知道。"老道士有些摸不着头脑，只得跟着应道。

"前辈可知，家父因何丧命？"

"江湖传闻是四大贼王联手偷袭。"

"前辈可知，无眠多年习武便是为了报仇。"

"江南四大贼王已尽数死于腥风剑客之手。"

"可这仇人尚还有一人！"

"谁？"

"武林盟主，风雪崖！"

沈无眠几乎是咬着牙道出了这句话，双目宛若利刃，死死地盯着老道士。

这一语，石破天惊！

这个仇人，显然已出乎老道士意料之外。

"此事有些蹊跷。"老道士表情凝重，捏着胡须冷静分析。他实在想不通，身为武林盟主的风雪崖，为何要杀毫无仇怨的关中大侠沈凌风？

"这是我从贼王血屠身上搜出来的信件，而且这事，我已到莫问峰寻过卧龙生。"沈无眠从怀里小心翼翼地掏出一个包裹，反复展了好几次，才取出那张羊皮信件递了过去。

邋遢老道士接过信件，眉头蹙得更紧，一边看一边捏着手诀，嘴中念念有词："不该，万万不该如此，我曾为沈大侠算过命盘，乃是子酉福照命，衣食自周全才对。"

"前辈，无眠求您赐我神兵利剑，待无眠大仇得报，一定当日来还。"沈无眠再忍不下去，失声破涕道。

邋遢老道士看着沈无眠，面容显得有些为难，半响后这才悠悠叹了一声："罢了，依你便是。"

"沈无眠感激前辈大恩，犹如再造，日后凡有差遣，赴汤蹈火万死不辞！"

沈无眠话音未落，已经连磕了三个响头，丝毫不觉得这般不妥，因为他知道，他此刻跪的是为父报仇的希望。

"你且起来，我先与你讲讲神兵。"

沈无眠看到老道士终于愿意开口，尽管急不可耐，但也只得点点头站起身来，况且他自己也好奇，传闻的神剑神兵，究竟是什么？

"其实，所谓的剑冢神兵，大多便是上古名剑，也就是一些伟大人物所掌信物。亘古长存下来，口言相传，倒也是神话了许多。"老道士瘫坐在一块岩石上，有些平淡地开口。

沈无眠刚欲开口，只见老道士朝他摆了摆手，示意他不要开口，接着似是回忆着什么事，边饮酒边道："而我的神兵，便是破军。破军与雪霁乃是道家历代掌门的信物，当然在现今武林，早已没人认得。而我虽然精通无形剑气，但武学典籍究其本身，便是道家剑法。"

名剑破军？

沈无眠回忆起那天对决时，老道士手中握着的那把厚重奇怪的剑，剑无锋无边，若是破阵杀敌，的确是一夫当关万夫莫开。怪不得这邋遢老头总是一身道士打扮，竟然是曾经道家掌门，不过看着他这副邋遢古怪的形象，恐怕也没人能把他想成个什么好人。

"那前辈是否可以借我破军报仇，若是……"沈无眠赶忙开口，哪知话音还未落，已被老道士下一句话断了希望。

"但这类名剑，并非夺天造化，不过是更加锋利罢了。即便让你拿十柄，百柄，也不过是白费工夫。"老道士瞟了眼沈无眠，认真地叮嘱道。

沈无眠双拳紧攥，指节都因为用力而显得有些发白，他依旧在等，等自己需要的那个答案。

老道士看在眼中，暗自叹了声："但剑冢之中，类似干将莫邪等王者之兵，乃是夺天造化，若得到这等神剑认可的主人，自然武功水涨船高。"

沈无眠立马变得激动起来，身处剑冢的他实在是像极了一个涉世未深的稚嫩孩童。

"只是剑冢之中，埋剑千柄。但似是干将此类神剑，却只得十把。而如今，莫邪在昆仑，赤霄剑在西域，鱼肠剑在北，以及多年以来的求剑之人形形色色，如今剑冢之中，怕是只剩三把罢了。"

老道士微闭双眼，黯然开口，其实他本不该告诉沈无眠神兵之事，却又不得不说。

"晚辈只需一剑，已是天大的福分。"

沈无眠微愣，有些摸不着老道士的意思，毕竟他也没有三只手，如何拿得起那么多把剑？

老道士有些苦涩地笑了笑，脸上的皱纹拧在一起，声音中有些恐惧之色："剑冢是需要神剑孕养的，于是当神兵越少时，获得神兵的困难也就会越大。如今只剩下三把神兵，你不会明白，那地方有多么恐怖；而那三柄剑将埋在多深的地方。"

沈无眠愣在原地，一时间沉默起来。

是啊，天下间哪有白吃的午餐？

让名剑神兵认主，自然不会是件动动嘴皮子就能做到的事。

沈无眠其实早有准备，但却未料到，似老道士这般武功高深莫测之人，竟然都会产生恐惧，那剑冢之中，究竟藏着什么样的秘密？

"小家伙，你可听过长门六剑？"

老道士突然自岩石上跳了下来，凝重地看着沈无眠，尽量平静地开口。

沈无眠几乎是不假思索地点头，如数家珍般应道："那是自然，华山剑派一门六剑，震惊武林，六名当世剑豪，个个都是剑道高手。江湖传闻当这六名剑客合力，便已无敌于天下。"

"哈哈，哈哈哈哈……无敌于天下？"邋遢老道士猛地仰天放声大笑，两道泪线也顺着微闭的双眸中淌了下来。

"前辈，您怎么了？"沈无眠看着眼前失态的老道士，只觉得尚有许多自己并不清楚的事情。

"天下之大，尽可去得。尽可去得？哈哈哈，若是长门六剑当真无敌，又怎么会在那剑冢之中一个个的接连死在我的眼前……我的师弟们确实是高手，但要知道，山外有山，人外有人啊！"邋遢老道士宛若发疯，奋力地嘶吼着，仰天咆哮着，似是在为那已经死去的灵魂超度。

"长门六剑已尽数死了？！"沈无眠惊叫一声。

老道士此刻仿佛在一瞬间又苍老了许多，黯然低声："不错，他们死了，每一个都活生生死在我的眼前。剑冢之中的恐怖，你怎会清楚？"

沈无眠依旧不敢相信："怎么可能，长门六剑在江湖上名声大噪，或许单人拿出来，比不过一些极有名气的人物，但六剑合力,怎会死得这般轻易?"

"只是一剑,我六名师弟全部死了。"老道士有些苦涩地叹息,眼中尽显落寞。

"长门六剑是您师弟?还不知道前辈名讳……"沈无眠眼睛瞪得更大,显然没想到这老道士竟如此有来头。

"不必再提,已是往事,我现在待在这逍遥剑冢中,也只是想要守在师弟们身边。"

老道士挥了挥手,似乎不愿意继续这个会勾起他无限痛苦的话题。毕竟,当年他在剑冢之中搜寻破军所留下的痛苦回忆,是他一生都不愿再去想的。

草木皆兵,四面楚歌。

剑冢之中的幻象,足以让无数人疯掉。根本不会知道哪里会突然蹿出敌人来,让你防不胜防。而那些敌人则只需一剑,一剑便足以泯灭生灵,一剑便足以打破长门剑阵。叫人难以相信,世间有如此实力者,竟会沦为剑奴。

"当年,若不是六位师弟舍命护我,我早已死在破军剑下。然而我已算运气实在好的人,破军虽非凡品,但也不足列入神兵,危险相对较小。"老道士站起身来,一步步走向沈无眠,每迈出一步,都是那样沉甸甸的。

沈无眠也听得有些毛骨悚然,长门六剑尽数死在一剑之下?那究竟是怎样的一招?

"小家伙,你此刻若是就这样进入剑冢,那便是百死一生。"老道士双目注视着沈无眠,希望能从他的眼中察觉出一些惧意，但老道士失望了，因为他看到的只有无尽的杀意。

沈无眠同样注视着老道士，两人这样对视了足有一盏茶的工夫。

"前辈，杀父之仇不共戴天，即便是搭上沈某的性命，我也要去试一试。"

沈无眠抱拳施礼，脊梁挺得很直很直，像是一柄将要出鞘的神剑，欲破苍天。

正午，洛阳城，雪依旧在下，而且愈下愈大。

城外有一所简陋轩敞的破庙，置着几尊早已看不出样貌的佛陀雕像，甚至就连贡果都已生了虫。

漆黑的角落里，在一张宽敞但却极为脏臭的皮袄下，颤颤巍巍地躲着一名俏美的女子。

她的嘴唇被冻得有些发紫，如玉般的纤纤细手抱在自己的胸前，努力地将皮袄紧裹在身上。

如果有富家的公子哥路过，大约会认出她，那个妙音坊的才女歌姬，素水心。

"已经第五天了，你答应过我第七天会来找我。"素水心低声呢喃着，平日里灵动有神的凤目已经涣散。

"哒哒哒……"

撑着竹竿的声音缓缓从破庙外传进来，那是一个手持竹棒的小乞丐，浑身破烂不堪，散发着恶臭的头发似乎在大冬天都能招来蝇虫。

"姐姐，今天我讨了一个大馒头，给你吃！"小乞丐毫无心机地笑着,从怀里小心翼翼地掏出馒头,用本就脏兮兮的小手拍打着灰尘。

"你瞧,干净多了。"小乞丐嘿嘿一笑,笑跳着走到素水心身旁,硬是逼她吃。

"姐姐不饿,小虎吃。"素水心接过馒头,用尽全身力气才勉强掰开一条缝,那早已是个硬如砖头的面块,即便如此也已经是这几日最好的了。

"小虎不吃,姐姐吃,姐姐吃了就不会害怕啦。"小乞丐将两掰馒头都递给了素水心,自己的肚子却不争气地咕噜噜叫出声来。

素水心见状不禁笑起来,将那名小乞丐一把搂在怀中,毫不在意他身上的污秽。

"姐姐,你等的那个大哥哥厉害吗?"小虎在素水心怀里好奇地问着。

素水心抬头望了望天,半晌后,嘴角终究还是掀起了一抹微笑:"他呀,是天下间最厉害的剑客!"

天下间最厉害的剑客?

还不是,起码在他报仇雪恨之前。

剑冢的氛围实在好,就连这里种的柳树似乎都会剑法般,无风自摆。青山绿水,澄江明月,怪不得逍遥剑神会选择在这里过着世外隐居的生活。

沈无眠手持一根柳条,迎风而舞,他的剑招更快了,肉眼几乎无法捕捉,但也不是一味求快,时而又有些极慢的招式,但却精妙无比,令人叫奇。

"沈凌风的悟性的确很高,这一套无痕剑法,已称得上是精妙!"邋遢老道士举着酒壶懒懒地坐在树梢上,看得有些痴了。

"师傅认得我爹?"沈无眠有些惊奇。

老道士却瞟了一眼他,好笑地开口:"不然你以为我如何会使无痕剑法?你爹当年也来过此处参悟,他为人正直且行事颇为规矩,我们互相讨教,难得的忘年之交。"

沈无眠心中恍惚,难怪老道士对自己了如指掌,待自己这般好,原来当年与父亲有旧。

事实上,老道士觉得沈无眠更聪慧。

不过二十岁的他,剑法其精妙,已堪绝世。沈无眠骨子里透着一股狠劲,这是大多习武之人并不具备的。

从小埋在心底生根发芽的仇恨种子,将他早已磨砺成一把锋利的剑,甚至不逊于任何利剑。

唯一差的便是内功剑气的修为,这已不是凭借勤奋便能弥补的事,而是需要无尽岁月的沉淀。

"看好!"老道士喊了声练得出神的沈无眠,手中不知何时已经拿起了那柄宽厚的名剑破军,化作万千剑影飞舞起来。

沈无眠越看越觉得心惊,老道士使的剑法,赫然便是父亲的成名绝技无痕剑法。那一招雨落云飞,已是精妙之极!

"风雷逐月!"

老道士轻啸声,手中破军猛地划过长空朝着沈无眠刺了过来,老道士没有留情,那一剑快似奔雷,是绝杀之剑。

望着那迎风而来的绝杀之剑,沈无眠愣住了。

分明是现下发生的事，但他却好似有些熟悉。

柳树轻摆，剑法相交，这场景，这招式。

一幕幕回忆不由自主地涌出，沈无眠的灵魂好似在这一刻出壳。那是沈无眠七岁那年，也是在沈凌风惨死的三天前。

"锵！"

沈无眠清楚地记着，那是最后一次和父亲在竹林小院对剑。

"你刺了多少次？"沈凌风负剑傲然而立，古木无波地发问，练剑时他总是很冷静。

"父亲，我每次出剑便是三刺，光这个动作已经练了七十万剑了，我还要继续再练吗？"尚还是孩童的沈无眠望着父亲，艰难地抬了抬已经将近麻痹的右臂，虚弱地说道。

沈凌风深邃的双眸看了看儿子粉嫩的手，又看了看他尚未收回的剑，没有说话。

"锵！"

猛地一道青影自沈凌风手中刺出，猛地袭向自己儿子的胸口。

这一剑，迅疾无匹，可以看得出，沈凌风并没有留情，无论再亲近的人，剑客的剑一旦出手，就要干脆利落。

沈无眠几乎是下意识的长剑翻转，剑锋猛地探出，正是那已刺了七十万次的风雷逐月。

"咔！"

沈无眠的剑法已算娴熟，但终究还是慢了半分，父亲手中的青影已先一步刺在了他的咽喉。

但青影也在不知不觉间断了一截，剑势一滞，青影显露，竟是一柄竹剑！

沈无眠的额头，汗珠已经密布。

这一幕幕的回忆突兀闪现，沈无眠却唯独停留在了此刻！

"又是这一剑！"沈无眠这才回神，看着邋遢老道士手持破军朝自己刺来的那熟悉的一剑，不禁脱口惊呼而出。

老道士的剑很快，眨眼已经到了沈无眠眼前，面对名剑破军那锋锐的剑芒，甚至让沈无眠觉得胸膛都已经被刺的剧痛。

风雷逐月，绝杀之剑。

"我已经输过一次，父亲的在天之灵，不会愿意看到我第二次败在这一剑下！"沈无眠心中怒啸，手中那条原本柔弱无骨的柳条在内力浸注下，仿佛也变成了一柄利剑。

"飕！"

沈无眠手腕一抖，柳条猛地探出，身形随之翻滚，剑势螺旋，贯穿而出。

这一刺，极快无比。

柳条刺出的剑招，无声化有声，有形化无形。

这一招风雷逐月，是沈无眠这么多年来使得最顺手的一次。因为这已是剑随心走，圆润自如。

"孺子可教。"

老道士手中的破军不知何时已经收了回去，因为沈无眠手中的那根柳条已经顶在了他的胸口。

"多谢师傅指教。"

沈无眠心中一喜，前几日与老道士比剑，自己拼尽全力却也未伤他分毫，但如今已然战局扭转。

老道士也显得有些恍惚，既而又换上了那副笑吟吟的癫疯表情："你这小家伙，老夫何时成了你的师傅？"

"滴水之恩当以涌泉相报，前辈自然是我的一剑之师。"沈无眠恭敬地抱拳施礼，语气诚恳。

老道士这才满意地哈哈大笑起来，瞧了瞧沈无眠："那你可愿意陪师傅云游四方？"

沈无眠看了看手中紧攥着的那根柳条，不禁有些动容，一时间沉默不语。

"你未免恨得太深，罢了。"邋遢老道士长叹，紧接着破军再出，不过这次却是将剑递到了沈无眠手中。

沈无眠大惊，赶忙就欲递回去，却被老道士拒绝："既然你一心想要闯藏剑庐，破军剑我便先借与你，助你夺剑成功，若是你回来了，再还我便是。"

沈无眠攥着破军看了看，摇摇头再度递了回去："前辈先前已说过，进入其中百死一生，这柄破军乃是你六名师弟拿命换回来的，若我回不来，岂不是做了大孽。"

"若你回不来，破军便留在藏剑庐中，当我还了一桩冤孽吧。"邋遢老道士身子一震，转身便走，只是这名绝世剑客的佝偻背影显得有些萧瑟。

沈无眠愣在原地，他终究也不过是名二十岁的年轻人，有些事情，他尚体会不了。

名剑破军，久违了。

两人或许因为剑冢中太过隐秘而已经忘了云月空等人的事，谁都没有注意到，就在不远处的树杈上，一只毛色发亮，漆黑的苍鹰正悄悄地注视着一切。

第五章

八卦珍珑

杂草凭生衣冠墓,
神兵空悬藏剑冢。
世间迷局千万种,
纵身一跃入哪重?

"剑冢藏剑芦的位置，经台卵石路南行，越翠竹林海，拾级而上，待到松林尽处，可见翠薇。巅有高炉，传世为老子炼丹之炉。身在炉旁的古庙院中北望秦川，恍若棋盘的阡陌道路，点缀着绿树如云的村落，烟岚横断，远接蓝天。"

沈无眠与老道士站在翠微山之上，向北放眼望去，只觉得小径如此之多，当真仿若一盘珍珑棋局。

老道士在身后正掐算着手诀，似乎他也有些迷失，剑冢藏剑谷即便是他也不常来此，因为他不愿意见那六名剑客，那是已经丧失意识的剑奴。

"是了，是了，正是这里。"老道士有些得意地笑了笑，显然能找到这地方即便对他而言也颇为不易。

他虽然隐居逍遥剑冢，但却并非藏剑庐之人。

沈无眠曾问过他，两者之间可有分别。

逍遥剑冢不过是一个天下剑客的大坟墓，无数来此想要寻宝想要寻得精要剑法的人苦苦寻觅，运气好的人自然成名成家，运气差的便剑断人亡，埋骨此。

而藏剑庐却不然，真正的名剑都藏于此处，那是逍遥剑神埋骨之地，又岂是旁人所及？

"两位在山门之下，已滞多时。若是无事，速速散去，莫扰了本门清净。"

内力传音的声音在沈无眠两人耳中响起，振聋发聩。但他却没注意到，老道士的脸上瞬间便流下了两行泪。

"谁？！"

沈无眠下意识拔出剑，名剑破军骤然出鞘，铿锵铮鸣一声，久久不息。

破军不愧为名剑，自掌心传来的质感，让沈无眠心中多了几分底气，这是柄屠城之剑，杀戮之剑。

"老夫惊龙客，剑冢左使者可还记得？"老道士伸手拍了拍沈无眠的肩头，左手微扶，示意莫要冲动。

惊龙客？

这是沈无眠第一次听到老道士的名号，只是这名字根本从未耳闻，但似师傅这般高手，又怎会是无名之辈？

"原来是你，当年一别，你六位师弟替你枉死，你亦拿走了名剑破军，应该知足。"那传音入密之人的声音再度扩散天际，语气中显得有些冷厉生硬。

老道士闻言哈哈大笑，语气也显得有些冷厉："我眼瞧黄土已经埋到了脖子，还哪有何不知足的，只是我这把老骨头还要为我徒弟赌一把。"

"放肆！"

兀的，空中传来一声冷啸，一道寒影接踵而至。

老道士眼瞳骤缩，猛地挡在了沈无眠身前："小心！"话音还未落下，一柄缠着铁链的飞剑已经横空刺来，让人无从躲闪。

"锵！"

铁器铿锵，击在半空。

沈无眠还未反应过来，老道士已经射出一道指风劲风横空而去，将那柄飞剑击偏。

这是沈无眠第一次感受到何为神兵，因为先前老道士出手之时，握在沈无眠手中的破军猛地颤动，若不是沈无眠用力摁住剑柄，神剑必定出鞘护主。

气剑相连，人剑合一。

"这就是神兵么，果然奇异。"沈无眠心中暗赞一声，暗暗想道。

"破军，归位！"老道士猛地清啸一声，右掌虚握，沈无眠只觉得手中一麻，破军剑自他掌中横飞而出，直入老道士掌内。

老道士手握破军，满脸戾气，如三千流水般的杀意宛如实质般地流淌着。

"惊龙客，尔敢？你难不成还想挑衅剑主不成？"古木无波的声音在冥冥中响起。

"我六位师弟已尽数死于藏剑庐内，我早已了无牵挂。"老道士低着头，没人看得到他的表情。

话音落下，山头上的使者半晌后才继续开口："过刚则易折，惊龙客你曾经来取破军之时，本应与你六位师弟能安然退去，却因你争强好胜犯了嗔戒，才导致你六名师弟皆为身死。看来这么多年的清修，你却依旧还是没有放下。"

"锵！"

老道士猛地蹿了出去，手中破军剑横扫，剑气激荡，所指之处生机寸断。一名黑衣人猛地自林子深处跃了起来，先前他藏身的树洞已被老道士一剑刺穿。

这人看不清面貌，只是从头到脚的黑，连先前那掷出的那柄锁链飞剑，也是漆黑墨色，即便是白天，也时刻穿着夜行衣，蒙着面。

"叮叮叮！"

剑影交织间，两人已在半空中打成一片，但未拆几招，那名剑冢左使者已经有些捉襟见肘。老道士的内功早已夺天造化，剑法又变化多端，可谓是冠绝武林的高手。

"师傅的实力竟然如此恐怖？"沈无眠在旁看得痴了，这是他第一次见到老道士全力出手，剑气纵横间，连空气都仿佛泛起涟漪。

"砰！"

剑冢左使者受了老道士一掌，整个人狠狠地摔在地上，虽然无伤大雅，但颜面已是极为难看。

"惊龙客，你难不成想让你六位师弟彻底魂飞魄散？"剑冢左使者显然也动了真怒，叱喝道。

老道士闻言愣住，心中好似被狠狠地揉了一下，不禁想到长门六剑，想到自己的师弟与自己一生的曾经，眼中不禁翻起了许些晶莹。

"惊龙客你应该清楚,当初让你华山剑派一门进入剑冢,已是特例开恩。"剑冢左使者缓缓退了半步,悄悄调整着体内有些混乱的真气。

老道士闻言心中一黯,回头看了看沈无眠,沉默无言。

"我劝你还是快些退去,你应知道坏了规矩的下场,剑主若是出手,你必死无疑。"剑冢左使者沉声劝导,这世上绝无人敢忤逆剑主。

老道士盯着沈无眠,叹了口气,接着便看向剑冢左使者,咬牙迈步上前:"老夫枉活一世,师弟因我惨死,如今上天赐我资质绝佳的徒儿,即便是拼了老命,我也须保他入藏剑庐。"

言罢,老道士又已开始运气与剑冢左使者对峙,似乎今日一定要分出高下!

"师傅,我们走吧。"沈无眠突然按住老道士的肩头,有些失落地开口道。

"小家伙,不必担心师傅,这是你唯一的机会。"老道士转过身看着沈无眠,他知道沈无眠的仇有多深,他也知道神兵对于沈无眠而言有多重要。

"师傅,我们走吧!想我四岁便开始习剑,江湖四大贼王尽皆死于我手,江湖人都称我一声腥风剑客,难道我还没有信心凭自己的剑法报仇?"沈无眠努力强撑出笑容,话音未落已经转身朝山下走去。

"等等,他是腥风剑客,沈无眠?"剑冢左使者脸色猛变,抬手指了指沈无眠,有些激动地发问。

沈无眠欲走的身形停下，瞧着剑冢使者这激动的神情，这才有些犹豫地点了点头，身子悄悄紧绷，以备突变。

"剑主说得果然不错，你还是来了！"剑冢左使者仰天狂笑，气劲扩散，直卷的草叶都压低了嫩芽。

沈无眠更是摸不着头脑，剑主？逍遥剑神？他又怎么可能会知道我？而且逍遥剑神成名已逾百年，难道还尚存于世？

"左使者，你这是什么意思？"老道士一时间也有些头脑发懵。

左使者未等他说完，便一伸手打断了他的话："既然是腥风剑客来了，自然可以进入藏剑庐。不过惊龙客，你已来过。藏剑庐本就是夺天造化之地，并非剑主善避自珍，只是贪多嚼不烂，你还是退去吧。"

"你究竟藏着什么心思？"老道士依旧没有收起破军剑，剑冢左使者的态度变化实在让他放心不下。

剑冢左使者见状却是笑了："惊龙客，若是剑主想对你徒弟不利，一百个你护着也是无用功。进入藏剑庐，这对腥风剑客一定是个大机缘。"

老道士没有再开口，他先是盯着左使者，既而又看向沈无眠，半响后终究还是长叹一声："小家伙，为师在剑冢等你，要回来啊。"

就在老道士迈开步子的一瞬间，锵啷一声。那柄先前飞出的名剑破军在此刻骤然归鞘，钻进了沈无眠掌中的剑鞘内。

沈无眠盯着渐行渐远的老道士，眼中泛着些许泪光。

"沈少侠，这边请。"藏剑庐左使者招呼一声，脚下发力，箭般蹿射而出，沈无眠当即随之掠出。

耳畔撕风声呼啸，脚下劲风环绕，两侧的秦山渭水飞速掠过，这样的风景，倒也不失绮丽。

两人经台向东南行，幽竹夹道。下闻溪水淙淙，水底砾石，晶莹剔透，石间游鱼，忽来忽往，竹拂水面，清韵悠悠。

发足奔了大约一炷香的工夫，两人已从山门攀上台南炼丹峰顶。

不用使者去说，沈无眠已经看到了，这炉分两座，上曰金炉，下曰银炉，皆为老君炼丹的八卦炉。坐北向南，南面辟砖拱券门，砖砌穹隆顶。

而这炉门之内，有一尊栩栩如生，仙气氤氲的老道雕像，既然此处为老子的炼丹峰顶，看来这像上所刻，便是老子无疑。

"沈少侠，进入藏剑庐需经万般考验，你可想好了？"左使者似是想起了什么，拦住了沈无眠，慢慢解释道。

沈无眠盯着那炉门，攥了攥手中的名剑破军，刚欲开口，却被旁人打断。

"他怕是没有这个福分了。"

有些戏谑而且阴寒的声音自远方传来，紧接着几道人影似风般掠过了炼丹峰顶。

为首之人白发如云，手持一柄薄如蝉翼的雪亮细剑，模样俊美妖异，貌似潘安。

他身后跟着一个肩落苍鹰的男子，以及七名高傲胖瘦几乎一致的龙泉剑客。

"云月空!"

沈无眠嘴角咧开一丝冷笑,杀气腾腾地望着面前来人。

藏剑庐的左使不着痕迹地退到旁边,显然他也想看看被主人提及的腥风剑客沈无眠将要如何应对眼前的局面。

"腥风剑客,没想到除了天下第一剑外,你还会给我这样一个惊喜。"云月空环视周围,紧接着便看向了那扇炉门,看似简单的大门却隐藏着些许禅意,这一定有古怪。

"恭喜云公子,若是能从逍遥剑冢获得大机缘,还何必跟这小小的腥风剑客去争天下第一?"百里青赶忙谄媚地搭腔,已把沈无眠当作死人。

"我这份惊喜太大,就怕你们无福消受。"

沈无眠手持破军,傲然而立,看着面前云月空等人,眼中尽是不屑的冷意。

"休要猖狂!"

百里青怒吼一声,猛地一剑扎去,却不料还未出手,已被沈无眠随手一剑给挡了回去。

"你功力怎么高了这么多?"百里青心中大惊,俨然已经失了先机。

沈无眠手持名剑破军,身子猛地一扭,剑气当空朝着百里青凌厉攻去。

"六位师弟,布龙泉剑阵!"百里青不再硬撑,赶忙招呼一声。

六道破风声从四个方向沈无眠迅疾冲去,几人步伐有序,身影交织间眨眼便布下一个宛若龙门锦鲤般模样的剑阵,将沈无眠死死围在当中。

"哼,原来大名鼎鼎的龙泉七剑也不过是仗着人多的伪君子。"沈无眠毫不犹豫,转身便走,边打边退,皆是化力解困的剑法。

"成王败寇,胜负他日自有评说!"百里青嘴上这般说着,手中的剑却一直紧跟,步步紧逼。

"雨落云飞!"沈无眠手中破军一改前势,也不顾其余人,这一剑化作万千星点,朝着百里青疾攻而去。

好快的剑!

旁观的藏剑庐左使者心中惊呼一声,看向沈无眠的眼神不禁又多了几分意味。

百里青心中一惊,瞬间就抽身而退,换了任何人面对这一剑,也只会选择退避。

百里青前脚刚退,龙泉剑阵就因为缺了主攻位瞬间被破,余下六人皆是气血翻腾,心血上涌。

"风雷逐月!"

沈无眠手中破军几乎是电般刺了出去,那是他刺了七十万剑的招式,的确是绝杀之剑。

一剑出,六颗人头已经尽数滚落。

"嘶……"

所有人在此刻都倒吸了口凉气,尤其是刚刚退步避开的龙泉七剑百里青。

哦不,此刻只剩百里青一剑了。

云月空在后面看得有些心惊,他自然也能破得了这阵法,可如此从容,一剑斩杀六大剑客,却是万万做不到。

"吱!"

漆黑的苍鹰猛地冲了过来,与鹰如影相随的,自然便是神鹰岭第一高手卫天鹰。那柄漆黑的弯刀,也的确让沈无眠记忆犹新。

卫天鹰实在是刺杀的行家,这一刀的角度非常刁钻,面对这一刀,沈无眠已是避无可避!

"放肆!"

藏剑庐左使者冷叱一声,猛地横掌空劈了过去,那掌风很猛,一路上捎带着将三棵细柳拍断。

卫天鹰仰头喷出一口鲜血,狼狈地摔滚到云月空的脚边,他那只漆黑的鹰,活生生被绞死在这股凌厉的掌风中。

"藏剑庐方圆十里,不许见血腥。"剑冢左使者闪身挡在沈无眠面前,板着脸音色冷淡。

沈无眠闻言差点笑出声来,这左使者当真是偏心无比,先前自己一剑斩杀六大剑客他都一言不发。卫天鹰才刚刚出刀,便已被击飞了去。

云月空整张脸都已黑了下来,龙泉七剑只幸存了百里青,卫天鹰也身受重伤,他这一生何时吃过如此大的亏?

"拜剑山庄云月空,敢问阁下姓名?"云月空手持宝剑,盯着左使者的目光有些不善。

"尔等还不配知道我的名讳!"左使者脚步前踏,猛地恐怖劲风瞬间扩散肆虐开来,好似风暴般。

无风起浪!

云月空心中大惊,难道剑冢区区一个引路人功夫都这般恐怖?

"滚!"

无形的气浪将云月空等人尽数震退,只留下沈无眠独留在峰顶。

"感谢前辈出手相救!"沈无眠抱剑施礼,左使者却只是摇摇头,紧接着便走到炉门前不知摸索了些什么,半晌后,便已经敞开露出了一条狭窄的通道。

"沈少侠,这便是藏剑庐秘道,愿君多保重。"左使者话音未落,沈无眠已经蹿了进去,名剑破军也因为兴奋铮鸣起来。

沈无眠进去后,左使者也消失不见,四周似乎又恢复了那死般的宁静。

一炷香的工夫后,有些狼狈的云月空等人这才掠上山顶,看着已经不见踪迹的两人,顿时气结。

"腥风剑客,我一定杀了你!"云月空大概是首次这般失态,云淡风轻的模样尽失,取而代之的是一副愤世的怒火。

卫天鹰强撑着点了点头,他也恨透了这腥风剑客,身为杀手,他本就是有仇必报之人。

"云公子,我龙泉山庄便帮您到此了。"百里青双眸黯然,他怔怔地望着峰顶那六具死于沈无眠剑下的尸体,一身的戾气都已消散,仿佛沧桑了不少。

云月空眉头微蹙:"龙泉七剑虽去其六,但百里大侠轻功卓绝,一样还能帮本公子。"

百里青却是摇摇头,痛苦地颓然道:"龙泉七剑已没了,是我错了。"

"不是你的错，是腥风剑客的错。"云月空声音依旧平静，让人听不出意味。

"罢了，在下已无斗志，择日便退出江湖。"百里青用尽全力将腰间长剑猛地插在地上。

"百里大侠何苦如此，本公子正值用人之时，还望助我一臂之力。"云月空向百里青缓缓走了过去。

只有卫天鹰看到，云月空负在身后的手掌已经悄悄握住了剑柄。

百里青将一具师弟的尸体抱了起来，转身缓缓边走边说："我想把师弟们的尸体埋在龙泉山下，还望公子谅解。"

"百里大侠去意已决？"云月空似是大度地叹了一声，眼神复杂地看着百里青的背影。

百里青身子一震，顿了顿，却终究又迈开了步子。

"还望云公子看在我等的苦劳上，以后多多照顾龙泉山庄，我师弟们泉下有知，也算是……噗！"百里青话还未说完，一口鲜血便扬天喷了出来。他的胸膛上已经穿了一把剑，薄如蝉翼，很是锋利。

百里青踉跄着不可置信地转过头来，看向那人畜无害的云月空，双目圆睁："你……你……小人！"

"哼，何必苦苦赶路？本公子送你一程便是。"云月空冷哼一声，将长剑拔了出来，鲜血随之喷洒，百里青应声而亡。

当百里青缓缓躺倒在血泊中后，世间已再无龙泉七剑！

云月空从怀中掏出一块绸缎方巾，仔细地擦拭着染血的长剑和被溅上血渍的衣角。他总是一袭白衣,他讨厌别的颜色。

"卫大侠,有劳你将他们处理了,别留下马脚。"云月空话音未落,人已消失不见。

卫天鹰这才有些胆战心惊地走到百里青身边,看着他那满脸惊恐的死相,咽了口吐沫。

他一直以为这是个在拜剑山庄盛开的温室花朵,却没想到其心竟如此狠毒,杀伐果决。

一时间,卫天鹰这冷血杀手都有些慌张。

龙泉七剑死了,下一个呢?

微风轻扬,绿意盎然。

在秦岭北麓的一处山腰上,沈无眠警惕地行走着。自炉门那个秘密通道进来后,他就一路前行,让他意外的是一路上有惊无险,都是很简单的埋伏机关。

这似乎没有老道士说的那般可怕,但越是平静,沈无眠越是觉得可怕。

发足奔了一刻钟,路已走到了尽头,那是一处平淡无奇的山峰,只是比其余的陡峭些,并无什么独特之处。

"藏剑庐难道在这山峰之上?"沈无眠有些疑惑,迈步上前触摸,哪知手刚一接触,那山腰便突然发出了隆隆声响。

果然有古怪!

沈无眠忙退开三步,手中握着的那柄名剑破军隐隐铮鸣,似乎游子想家一般。

"咚。"

那座巨岩之上兀地凹进去一块拳头大小的坑，半晌后再度凸了出来，只不过此刻这凸出来的岩壁上，刻画着一个八卦盘的形象。

"机关术？"沈无眠愣了片刻，紧接着又有些兴奋地开口。他的好友卧龙生可谓通晓天下事，奇门遁甲，破阵机关更是擅长，沈无眠耳听目闻，自然也是有些心得体会。

沈无眠瞧着那八卦罗盘的画形走向，依稀辨认着位置："乾位、坤位、巽位、兑位皆在，可这艮、震、离、坎却为何没有标明？"

正看着，突然瞧到一排密密麻麻的小字：一生二，二生三，三生万物，道法自然。

"三生万物？难道是生、长、收、藏四象？不错，究其根本这是八卦阵法，四象若在，两仪自来！"沈无眠仔细端详着面前的八卦罗盘，兴奋地开口。

"咔咔咔……"

想到这，沈无眠便用手按了上去，十指轻轻摆弄间，那八卦罗盘便如似拼图般开始扭动，穿插。沈无眠手法生疏，拼得很慢，一炷香的工夫后，只听"铮"的一声铮响，那八卦罗盘竟已拼好。

"成了？"沈无眠惊呼。

突然，三道破风声自三个方向朝他猛地刺来。

果然有埋伏！

沈无眠提剑横扫，险而又险地躲过一劫，还好那射来的机关只是普通的飞箭。

"看来这八卦罗盘每解错一次，便会触动机关，先前若是反应不及，怕已丧了性命。"沈无眠大口喘着粗气，面色凝重，看着面前这不过巴掌的罗盘，心中却难免有些忌惮。

伏羲八卦，太极两仪。

其实这冥冥天地间，本就在轮转，本就在太极。"乾三连，坤六断；震仰盂，艮覆碗；离中虚，坎中满；兑上缺，巽下断。"沈无眠思考良久后，又是再度伸手按了下去，紧盯着八卦罗盘，看着它随着自己的手飞速拆分，组合。

"易有太极，始生两仪……"沈无眠口中念念有词，当讲完最后一个字时，手上的动作也骤然而停。

"锵！"

这是罗盘组合时发出的铿锵，其实不止是罗盘，连同沈无眠的心也随之颤动，他已攥紧了破军剑，准备好应对一切危险。

但预想之中的致命机关并未随之而来，取而代之的，则是一阵异样的平静。

沈无眠提心吊胆地等了很久，大约一炷香后，他才试探性地迈了迈步子。

"这是成了？"沈无眠审视着周围，见到并无异样，自然是心中大喜。

话音刚落，沈无眠就苦恼了起来。

若是成了，破解了机关术，可大门或者通道又在哪里？怎么竟毫无变化？

他突然想起了惊龙客那邋遢道士前几日对他说的话："你总有一天会学着放下！因为有时候想要破局，便必须先学会放下，才能不受捆绑,打破枷锁。"

"先学会放下……"沈无眠盯着面前的八卦罗盘,一言不发。

寂静的山腰,微风拂面,转眼已过了半个时辰,沈无眠依旧站在那,没有再去碰罗盘。

易有太极,始生两仪。

"道生一,一生二?难道说……"沈无眠突然清醒过来,双目中精光绽放。

既然闯荡天地要学会放下,那又何必去遵循别人定制的游戏规则?

既然枷锁本就是自己添的,那又何必要深陷其中?

沈无眠猛地抬手,名剑破军随之而出,狠狠地劈在了那块拳头大小的八卦罗盘上,那果然不是什么精细材质,瞬间便从岩石上横飞而出,坠落在地,摔得粉碎。

门本是没有锁的,是因为要防人,才添的锁。

如若天道自然,人人向善,又何必要这把锁?

对,错,终为何?

生,死,终为何?

第六章 秋水无痕

自古江湖秋水多,
浩浩汤汤烟云阔。
一朝无痕剑在手,
四海安敢扬风波?

沈无眠紧紧地盯着眼前的山峰，果然，罗盘粉碎后，巨石应声移开，露出一扇翻着清幽光芒的古铜闸门。

有六个人几乎是同时蹿了出来，速度很快，快到沈无眠还未来得及反应，便已经站到了他面前。

这六人的神情格外冷漠，年纪都在四十左右，每个人都穿着灰色的长袍，手中各自执着柄剑，他们的脸色平板，不带一丝表情，灰色而沉滞的眼睛望着沈无眠。

沈无眠没有动，他只是紧攥着手中的破军，脚步微微前屈半步，作势欲发。

位于当中的灰袍剑客上前一步，声音嘶哑："来人可有秦川剑贴？"

除了开口之人，身后的另外五人便如似僵尸般不动分毫。

"在下腥风剑客，前来求剑。"沈无眠倒攥破军剑，恭敬开口。

那当中的灰袍剑客缓缓将手中的剑扬起："这里乃剑主隐居的清净之地，若无秦川剑帖，皆不能入内！"

"剑主隐居之地？难道是逍遥剑神还活在世上？"沈无眠看着六名灰袍人，有些惊讶地发问。

"我等只称呼剑主,至于他在外面的身份是什么,我并不知道。"灰袍剑客如是应道,双目无神。

"那么前辈等人既然是剑主的贴身侍卫,想必便是这剑冢之中资历最老的六人吧?"沈无眠微微退后一步,试探地问道。

他总觉得眼前这六人有些奇怪,虽然能言善辩,但却死气沉沉,而且他似乎闻到了一些尸体的腐臭味。

灰袍剑客似乎没有第二种表情,依旧是那般木然,沙哑的声音也毫无波动:"我们不属于剑冢,只属于藏剑庐。"

藏剑庐,神兵埋骨之地!

"敢问前辈,藏剑庐在哪里?"终于听到了自己想要的词,沈无眠连忙催问。

灰袍剑客并未有所遮掩:"就在我六人身后。"

沈无眠望了望那巨大的古铜闸门,催问:"传闻藏剑庐中神兵无数?"

"藏剑庐中,只有剑主。"

"那何必取名藏剑庐?"

"因为剑主便是天地间最锋利的剑!"

沈无眠看着眼前的六名怪人,手中破军剑缓缓攥紧,他无论如何也要闯进去。

他从七岁那天起,活着的意义便是为了复仇。

"我想拜见剑主!"沈无眠言罢就欲上前,却被六名灰袍剑客提剑挡住去路,那是六柄锈迹斑斑的长剑,尽管如此却依旧锋锐逼人，绝非凡品。

灰袍剑客单手持剑，态度冷傲："此路不通。"

"前辈要如何才肯放我进去？"沈无眠依旧在问，不到万不得已他不想拔剑，面前这六人未免太怪。

"手持秦川剑帖！"

六名灰袍人这次却整齐划一开口回答，显然这个问题他们谁都非常清楚。

"秦川剑派早已解散，何来剑贴？是剑冢使者让我来的，这剑主便是逍遥剑冢的主人！"沈无眠费力地解释着。

灰袍剑客手中的剑缓缓放下："我们不问主人在藏剑庐外的关系，藏剑庐中就只有一个剑主，再无任何牵连。"

沈无眠见状也只得缓缓退步，破军攥在手中气势不断攀升："既然如此，那便请各位前辈亮剑吧，在此之前，敢问四位前辈如何称呼？"

灰袍剑客有些动容，转头看向沈无眠，眼神却依旧无神："藏剑庐中，只有剑主与剑奴，用不着姓名。"

剑奴？

沈无眠闻言一惊，他赶忙看向六名灰袍剑客手持的锈剑，那手握的剑柄处，似乎都刻着两个醒目的大字。

长门！

"长门六剑？你们是华山剑派的长门六剑？"沈无眠几乎是遇了鬼般急忙退开，在他心里确实已经撞了鬼。

不论是那名左使者还是老道士都已经告诉过他，长门六剑已经死在剑冢之中，可这眼前跟自己对话的六人，却正是长门六剑！

"我不懂你在说什么，藏剑庐中以干支为冠称，我叫甲子，以此类推为乙丑，丙寅，丁卯……"灰袍人浑身一震，似是想起了什么，半晌后却又再度恢复了平静，如是开口道。

难道这世上当真有起死回生的仙术？

沈无眠盯着六人，手心不断地冒着冷汗，无论是谁面对六名早已逝去的剑客，恐怕也都会胆战心惊："剑庐之中，可是只有前辈六位剑奴？"

甲子剑奴木讷地摇了摇头："藏剑庐与世隔绝，不通往来，无可奉告。"

沈无眠见状，也是无奈："晚辈并非好奇藏剑庐中的秘密，我只想寻一口宝剑，待我大仇得报，定亲手送回。"

"我早说过，藏剑庐中，只有剑主而已。"

"那我就找这藏剑庐的主人问个清楚。"

沈无眠猛地蹿了出去，似箭般飞快，但还未迈出两步，六柄长剑已经如影随形般刺了过来，逼得他连连退步。

甲子剑奴持剑指着沈无眠，古木无波："剑主隐世多年，若是有话要讲，自会现身对你讲。若是没有，即便你找到了剑主，也不会对你多讲一个字。"

沈无眠手中破军幻化万千剑影刺出："我今日定要进藏剑庐，前辈若非要阻拦，只好得罪了。"

六名灰袍剑客齐剑刺出，甲子边打边道："我已经告诉过你,这里没有你要的神兵。"

"藏剑庐岂会无剑?"沈无眠冷笑一声,剑影交织间仓促答话。

甲子剑奴依旧是那般一个字一个字地应道:"藏剑庐早已置身江湖之外,要剑何用?而且顾名思义,藏剑庐既已藏剑,那便绝不是跟人决斗的地方。"

"即已藏剑,怎么无剑?"沈无眠手中破军猛地刺出,这一招斜削而去,眨眼间已经割破了丁卯剑奴的喉咙。

但想象中的鲜血并未涌出,丁卯剑奴也并未因此而停下剑招,这一剑出乎沈无眠意外之外,不留神间胳膊便已中了丁卯一剑。

"不死之躯?"沈无眠胳膊吃痛,赶忙退开三步,有些惊恐地望着那喉咙已被割破的丁卯剑客。

那道剑伤依旧那般醒目,但却没有任何反应,就好似在苍天大树上刺了一剑,拔出来后大树依旧能够茁壮成长。

甲子剑奴看着沈无眠:"你最好立刻退去,因为如果你硬要闯进去,那你的人头,一定会离开你的身体。"

沈无眠闻言,将衣角撕下来包扎在伤口处,杀气腾腾地发问:"凭诸位?"

甲子剑奴盯着他,他自然看得出沈无眠的剑法的确不凡,但他们六人却一定要拦他。

六名灰袍剑客的利剑再度举了起来,甲子剑奴一人当先:"大可一试!"

"请赐教!"

事到如今，沈无眠自然也不会退让，手腕一抖，破军剑再度突袭而去。

沈无眠的剑的确很快，但恰巧六名剑奴也是用剑的高手。虽然六名剑奴的攻势如同他们人一般，都是死气沉沉的一味攻击，但他们却没有痛感，也没有体力的限制，毫无弱点。

或许凭借精妙的剑法，单打独斗沈无眠不会惧怕，但莫要忘了，甲子他们乃是六剑！

六名剑奴各自弓步上前，六柄长剑齐齐律动而出，刺向沈无眠的胸膛。六人这一刺很简单，很平凡，不会有任何变化，但是却凌厉无匹，气势万钧。

其实这一剑对于谁而言都是致命的，但凡是个有眼力见的侠客，定会尽力去躲开这一剑，但是他们六人偏偏遇到了腥风剑客，生来只为复仇的沈无眠。

"风雷逐月！"沈无眠的身形高高跃起，手中破军剑将六柄剑奴尽数荡开，这一剑的气势，裂震寰宇。

那六名剑奴同时刺向沈无眠的胸膛。沈无眠却依旧没有躲，也没有止住去势。剑影纷错间，七柄剑交错而刺，各自指向对方的胸膛。

而沈无眠的剑，此刻便直指甲子剑奴的心脏。

"飕飕飕！"

兀地，剑势大起，剑影律动，甲子四人的剑尖在沈无眠的胸前刺来，沈无眠猛地抽身翻滚一掠，那四柄刺来的剑，竟然被巧妙地避开，向两边滑去。

沈无眠仿佛陀螺般自空中借力而起，猛地掠起身来，剑尖向前一挺，内劲逼人，教人无法抵挡。

那六名剑奴的剑式本已足够凌厉，但与沈无眠这剑比起来，便显得略逊一筹。

"砰！"

破军剑猛地刺在甲子剑奴心脏处，果然，这次剑奴没有再向丁卯那般任剑劈斩。甲子剑奴猛地退开，很难想象死气沉沉的剑奴身法竟如此精妙，如似游鱼，巧妙地避开了沈无眠手中那柄横刺而来的破军剑。

随之而动的，便是那乙丑丁卯等余下的五名剑奴，五人身法与甲子如出一辙，各自转身前冲，避开沈无眠的攻势。

"身法够快！"沈无眠暗赞一声，紧接着脚步交错，破军长剑以极度刁钻的角度骤然探出，流星赶月般追上甲子剑奴的后心。

甲子剑奴挥剑回击，同时死气沉沉地叱咤道："你伤不了我！"

"那便试试看！"沈无眠手腕一抖，破军剑身带着轻吟声破风而来，瞬间破开甲子剑奴的攻击，剑锋已钻到了甲子的胸口前。

"锵嘡嘡！"

金铁相交声不绝于耳，六柄剑竟在此刻，一齐格挡在了甲子的胸前，一把是名剑破军，五把是剑奴的。

"你还是退开的好，我们六人合力，你必死无疑。"甲子剑奴盯着沈无眠。

沈无眠见一击无果，赶忙抽身而退，他的体力已耗了大半，喘着粗气倔强道："必死无疑？那便请君来取我首级。"

"轰隆隆……"

一阵沉闷的声响自沈无眠和甲子等人耳畔传来。众人寻声看去，只见那生锈的铜闸门在此刻竟然缓缓打开，露出了几缕明媚透进石径里来。

此刻莫说是沈无眠，就连甲子、乙丑六人也都侧目着。

或许即便连他们这些最忠诚的剑奴，也都并没有怎么进去过藏剑庐，正如先前沈无眠打开罗盘后，他们六人瞬间便齐跃了出来，不是他们身法快，而是他们也只是生存在这青铜闸门外而。

这铜闸之后是个隔绝尘世的秘密之地，除了那名被剑奴们称之为剑主的剑客外，再也没有任何人进去过。

沈无眠见到铜闸门已经打开，赶忙探头向内望去，但不过一眼，已然失望透了。

这被六名剑奴称作藏剑庐的地方，范围虽大，却十分凌乱，乱草丛生。

这只不过是一个破落的庭院而已。

更令人好笑的是，闯过了剑冢这么危险的石径，原来只不过是从山的前面绕到了山的后面罢了，这座藏剑庐便是建在后山之上，因为沈无眠只需要抬抬头，便能看到太阳。

而就这么个破落纷杂，乱草丛生的庭院，竟然便是逍遥剑冢之中的金炉禁地，是那剑主的隐居之所，实在使人难以相信。

"既然门已开了，我和四位前辈也并无恩仇，何必非要斗个你死我活？"沈无眠悄悄旁观那藏剑庐里的景况，边观察这六名剑奴开口道。

甲子剑奴没有再回答，他更喜欢用行动来答复。

"锵！"

铁剑铮鸣，六个人举剑在胸前，剑锋直指沈无眠，排成一个扇形，各自横立。

"本来你自青铜闸门外闯关，并无大碍，大可退去，但你既然看到了禁地的情形，那你便必死无疑。"甲子剑奴手中剑法俨然已是要命的招数，毫不留情地刺来。

沈无眠显然也是深感头疼，连忙接了几剑："看来今日不分出个高下，几位前辈是不会善罢甘休了！"

甲子六人没有理会沈无眠，只是那由六柄利剑围成的圈子越逼越近，他们剑上所透出的杀气，也越来越盛，这已是剑气的对冲。

沈无眠表情已经变了，神色渐渐凝重了起来，他自然看得出，这六名剑奴所布下的这个剑阵极为厉害，甚至高出了先前那龙泉山庄的剑阵百倍有余。

剑气乃是大多剑客，究其一生追求的境界，若无天资之人，便是努力千年万年也无法领悟。但这面前六名死气沉沉的剑奴竟然都各自皆已领悟不同的剑气，剑影交织，剑气纵横，这个大阵仿佛具有一股无形的压力，逼得人非往后退不可。

以剑气将人逼退，这份劲力，比之沈无眠的风雷逐月，高明的何止一星半点？

但箭在弦上，怎能不发？

沈无眠慌忙应对了三十四剑后，额头已然见汗，气劲遍布全身对他的消耗太过庞大，如此下去，必定气竭而败！

"开!"

沈无眠咆哮一声,双脚紧绷,握紧破军长剑爆步上前,似乎准备冲出去。但是他也只刚刚踏前了一步,就被凌厉的剑气逼退了回来。

"咚!"

沉闷的声响轰鸣,沈无眠就仿佛一个沙袋,被一拳狠狠地打在了胸膛上。脚下那先前好不容易夺下的几步空间,就好似河堤被洪水冲开了一般,无数的沉猛气劲爆发,在他奇经八脉之中肆虐开来。

"万物化一!"

六名剑奴齐声叱咤一声,当头扫了下来。沈无眠赶忙挥剑格挡,那沉重的劲道让他身子顿时一歪,连连借力后退,淡淡的血迹自沈无眠的嘴角缓缓渗出……

"咚!"

沈无眠狠狠地将地上踩出一个沙坑,整个人仿佛雕塑般扎根在大地之中。全身的力量都以双脚为支点,这亦是力量的源泉。

沈无眠冷静地盯着纷杂的剑影,尽管他此刻有些落入下风,但刚才那六柄剑刺到他的身上,都不能将他重创。即便是此刻的无形剑气也不过只是把他逼退回来。

他心中知道,这份攻势,并不会直接要了他的性命。这似乎是种困兽之斗的剑阵,因为这六个剑奴所组成的剑气,此刻就如同形成了一面无形的围墙,慢慢地向前收拢,向沈无眠浪涛般绵绵攻来。

他们想累死剑阵中的人！

沈无眠惊奇，原来这根本不是绝杀剑阵，而是一个此消彼长的消耗战，以一敌六，自然是剑奴的胜面更大。

与其坐而等死，不若放手一搏！

"风雷逐月！"

沈无眠破军剑激起千重气浪，用尽全身的力气朝甲子剑奴的方位攻去，这俨然已是最刚烈的一剑！

果然，这股凌厉至极的剑势，慑住了这六名剑奴，他们的进势骤然停顿了下来，双方各自倚剑傲立，胶着起来。

"剑主说藏剑庐之外的剑客，能悟出剑气的，不超一手之数。"甲子剑奴冷冷地看着面前的沈无眠，尽管他这话是惊奇发问，但语气却依旧是古木无波。

沈无眠只是不屑道："这江湖之大，山外有山，人外有人。不超一手之数，在我眼里不过是笑话。江湖上无名的人，往往比有名的人更要命。"

"无名的人通常庸碌无为，怎会比有名的更加要命？"乙丑闻言，已经有些突然开口发问道。

沈无眠闻言，却是不禁一笑，他想到当年自己第一次杀江南贼王云中鹤时，轻松便要了他的命，只不过出了一剑。

但当时的自己，也是无名之人。

沈无眠扬了扬剑，盯着面前六名剑奴："你们六人也已悟透了剑气，身在深山，亦是无名之人，你以为这江湖中，有多少有名的人能敌过你们的剑？"

"不错，原来无名的人远比有名的人要命。"甲子剑奴突然接过话柄，只是让人感到奇怪的，便是无论他们说的话多么开心，却也都是古木无波的冷然。

沈无眠点了点头，破军剑直指藏剑庐内那片杂草丛生的荒地："正如你们口中的剑主，对于中原武林而言，同样没有名气，若是他去江湖上挑战群雄，试问谁可与之匹敌？"

六名剑奴闻言，没有再开口，因为他们知道自己主人的剑法。

同样，深知他的恐怖！

乙丑却在此刻突然搭了腔："还好，你并不是个无名的人，即便我从未出过藏剑庐，但我却猜得到，你应该是个有名的人。"

沈无眠笑了笑，不错，他并非无名的人，相反，他非常有名。甚至名头有些大，腥风剑客横扫四大贼王，一剑斩杀龙泉六剑，这些事至少江湖中除了他，还未有人做到过。

"有的时候，名气大的人也并非全是酒囊饭袋。"沈无眠闻言哈哈一笑，觉得这话又有些自相矛盾。

这句话后，他们便没有再说话。

剑客本就是苦修者，孤独与冷漠。

无情的剑方能遇敌制胜！

或许是剑奴们太久未见到陌生人，也或许是他们惺惺相惜，此刻才变得罗嗦起来。

因为接下来的决斗。

事关生死！

他们的距离，不过丈远。

这距离内空无所有,但在此刻,却含着两股难以比拟的巨力在相互冲击着,名剑破军不知何时已经开始颤抖起来,沈无眠用尽全力地攥着,而六名剑奴手中的剑也开始冷冷作响。

藏剑庐外刮来的微风卷起了一片落叶,轻飘飘地掉进了沈无眠与剑奴冲击的空间,叶子还未落地,已在半空裂开无数瓣,突然消失了。

这仿佛空无一物的一丈之地,此刻就仿佛有着几千万支利剑,几千万把利刀,再由几千万双无形的手在控制着。

哪怕掉进来的是一片柔弱的落叶,也会在瞬间之内被斩成几千万片,成为肉眼不辨的细粉。

沈无眠的脸色已经有些发白,无尽的虚弱感涌上心头,他再一次认真地扫视了周围,觉得自己怕是要长眠于此了。

"飕!"

兀地,一道古朴的剑鞘自藏剑庐内飞出来,那是柄未出鞘的剑。那柄剑毫发无损地掠过剑气纵横的杀圈,紧接着又轻飘飘地自沈无眠身边兜了一圈落下,插在地上。

"锵!"

六名剑奴几乎是瞬间收剑,冷冷作响的剑风在这一刹那同时偃旗息鼓,万物都归为平静。

"罢了,停手吧。"

仙人般的叹息自藏剑庐内传了出来,听得出那人已经很是克制,但这叹息在沈无眠耳边响起时,却宛若平地惊雷,振聋发聩,可见其人内功之高。

沈无眠手中的破军几乎是瞬间颤抖起来，甚至几乎无法攥住，拼了命地想往藏剑庐里钻。

六名剑奴瞬间已经跪倒在地，那不是他们本能跪下的，而是强大的压力将他们狠狠地镇压在地，仿佛泰山压顶。

"你就是横扫江南四大贼王的腥风剑客？"仙人般的声音再度抑扬顿挫的响起，声音越来越近。

"正是，在下沈无眠。"

沈无眠几乎是下意识地抱拳，紧接着他的眼神便已飘向了那个藏剑庐的入口。这宛若仙人般的腔调，他似乎听过，有种莫名的熟悉感。

半晌后，剑主已经在沈无眠期待的眼神下缓缓走了出来。那是个让沈无眠不知道该怎么形容的男子，并不是因为多么出众，而是因为未免太过于平庸。

不胖不瘦的体型，一头凌乱的白发，穿着很是普通寻常的粗布衣裳，长着更加普通的五官，只是那双眼睛却十分有神，时而仿佛利剑，时而又仿佛白云，让人捉摸不透。

这样的搭配让人看着很不舒服，就似乎一个身材绝美的女子却配了一张令人作呕的脸庞。

"不错，倒是英姿飒爽。腥风剑客，这是神剑秋水，便助你报仇吧。"剑主点了点头，有神的双目望向先前插在地上的古朴长剑，那剑似是有感应般飞向了沈无眠，准确地落在了掌心之中。

"碧海惊涛，秋水无痕……这便是天下第一快剑，秋水无痕剑？"沈无眠握着手中神剑，一时间竟然有些不可置信。

为了这柄剑，他早已做好了死的准备。

很难想象连长门六剑都尽皆沦为剑奴的考验，究竟是多么艰难恐怖。

结果，就这般轻易取到了神剑？

尽管此刻秋水剑已经被自己攥在了手里，沈无眠依旧还是有些不相信。

或许，人世本就如此？

"既已取得神剑，你且离去吧！至于剑法，住在我逍遥剑冢的惊龙客自然会指点你。"剑主负着双手，已是下了逐客令。

沈无眠闻言心中一惊，这剑主常年隐居藏剑庐，竟如此清楚外界的事情？

"这世上早已没有我不知道的事。"剑主似是看破了沈无眠心中的疑惑，仙人般开口道。

听到这句话，沈无眠更加疑惑起来，那种莫名的熟悉感越来越强，心中也逐渐不安起来。

沉思中的沈无眠没有注意到，自己身前不远处那长相平庸的剑主突然露出一丝笑意，蕴含着许多深意。

腥风剑客，沈无眠。

你终究还是来了！

第七章

胜者王侯

胜者王侯败者寇，
破釜沉舟山河旧。
仙人下凡舍白粥，
刀光剑影写春秋。

洛阳城依旧是那般繁华。

人来人往，车水马龙。

原本的妙音坊已被龙泉七剑那晚烧了，这地方现如今又是盖起了一所快绿阁，姑娘们簇拥间，依旧是宛若人间仙境。

如此大的城市，谁也不会注意到少一人或多了一人。

"臭乞丐，你给我站住！"包子铺的胖掌柜手拿擀面杖，在东街上高声叫嚷，他正追的是个脏兮兮的瘦弱小乞丐。

这人嗓门很大，顿时吸引了不少人的注意。

街角巷子里，两名身穿锦衣的刀客也被吸引，放眼看去，只瞧那小乞丐抱着一屉还冒着蒸蒸热气的肉包子，慌忙地穿梭在人群中，生怕被胖掌柜抓住。

"哎呀！"

一块不起眼的石头绊倒了小乞丐，怀里的肉包子也滚了一地，沾满灰尘眼瞧已是不能吃了。

"你跑，我叫你跑！"胖掌柜抡起擀面杖朝着小乞丐狠狠打去，俨然是要把所有的气都撒出来。

小乞丐边挨着打还不忘把地上那几个肉包子塞进怀里，也顾不得是不是烫。

"别打了，别打了，小虎！"

风尘仆仆的素水心手拿着破碗从转角走过来，见到这一幕突然惊呼，紧接着便拼尽全力撞开了胖掌柜，一把将脏兮兮的小乞丐搂入怀中。

"水心姐姐，你拿着包子快走，他打人很痛。"小乞丐见到素水心，赶忙将怀里的肉铺包子塞给她，并使劲将她往外推，生怕她挨打。

"砰！"

胖掌柜被撞开怒火中烧，先是一擀面杖打晕了小乞丐，紧接着盯着那风尘仆仆的素水心，顿时气不打一处来，抓住素水心的衣领，凶神恶煞地叫嚷起来："好啊，你和这臭乞丐是一伙的，快把身上值钱的东西交出来。"

本就虚弱的素水心，哪里还禁得起这胖掌柜的推搡，只觉得头重脚轻，还未反应过来便已经被揪住。

"我……我们身上真的没有钱。"素水心双手敲打着胖掌柜，尽力挣脱着。

胖掌柜抡起擀面杖就欲再打，突然，看到挂在素水心胸前的链子，那是块雕刻着飞龙的玉牌，一眼便知道是上好的翠玉。

"把你的玉牌给我！当赔偿我的包子钱！"胖掌柜不由分说，一把将素水心的玉牌拽了下来。

这一幕让很多围观者觉得不平，但又没有人愿意掺和这件事。毕竟那是别人的事，而且挨打的只是两个乞丐。

其实别说是这些普通人,就连暗中观察的两名刀客也懒得理会这些闹事。

"求你,不要,那是我娘给我的!"素水心几乎喊破了喉咙,用尽全身力气抢玉牌。

胖掌柜猛地抬手将素水心甩开,这才有些得意洋洋地将玉牌举起来,映着太阳:"你们这些臭乞丐,怎么可能买得起这般上好的翠玉?定是偷的。"

其实,不光是围观者在瞧这块玉牌,那两名刀客的眼神几乎同时瞬间缩了一下,两人对视一眼,皆是看出了些许震惊之色。

"那是……降龙玉?"两名刀客异口同声,紧接着从腰间取出了一卷画轴,那是神刀门特制的帮派之物。

画轴打开,上有一块通透的玉牌,雕着条栩栩如生的五爪神龙,仿佛在云端呼声唤雨,祥瑞之兆。

这张画是武林盟主,神刀门门主风雪崖亲自找最好的宫廷画师执笔,足有千张,神刀门弟子人手一份。

因为世上持有这块玉牌的,除了风雪崖外,便只有他的亲生女儿,那出生便失散的神刀门大小姐。毕竟她的长相从未有弟子见过,但神刀门弟子却都认得这块玉牌,那正是信物!

"大小姐!"

两名刀客几乎是同时间蹿了出去,争前恐后,只恨自己少生了两条腿。

"那是我的,我的!"素水心再度扑了上去,却又被无情甩飞在地,再爬不起来。

胖掌柜不屑地看着摔在地上的两人，这才得意洋洋地吹着口哨拿着玉牌欲走。刚转过身，他已觉得面前挡了两座大山，抬眼望去，那是两名身材魁梧的刀客。

接下来的一幕更令围观者惊奇，那两名刀客在暴揍了那胖老板后，重新将那块翠玉牌子系在了那摔倒在地的女子脖子上。

紧接着两人飞也似的扛起那女子，眨眼便消失了。

一炷香的工夫后，围观者纷纷散去，地上那被打晕过去的小乞丐缓缓醒来，发现姐姐已经不知去向，脏兮兮的小脸上顿时流下两行泪水。

刀出惊风雨，归鞘隐神锋。

天命何处改？无非此楼中。

烫金的豪迈大字龙飞凤舞般雕刻在漆红色的粗壮房柱上，四面八方皆是白玉墙面，密密麻麻地写着刀法心得以及一些栩栩如生的刀招画样。

神刀门！

三个醒目的烫金大字刻在一柄擎天巨刃雕刻上，十分耀眼。

江湖第一势力，霸气非凡。

天色渐晚，夜整个黑了下来，神刀门的弟子们也渐渐睡去。

神刀门从来都不需要太多的护卫，因为风雪崖常年在此，那已是江湖中最为了不起的人。

风雪崖是个极为小心的人，他总是穿着软甲，连睡觉时都会攥着刀，有些人笑称他胆小怕事，但偏偏是这般胆小的人当了武林盟主。

端坐在自己的书房内,风雪崖不断地一口接一口抿着茶盏,他在等人,这房间布置得极为奢华,便是用皇宫来相比,怕也已不相上下。

风雪崖在等人,那人本早该来了才对。

而能让风雪崖这般等待的人,恐怕便只有那位江湖第一诸葛卧龙生能有如此资格。

长夜漫漫,风雪崖一直在喝茶,旁边的侍者也不敢多言,只是小心翼翼地不断添茶续水。

日出东方,无垠的夜色在淡淡的豪光中逐渐退散。

这一夜,卧龙生都没有来。

"盟主,眼瞧天就要亮了,您是否要休息?"侍者弯腰恭敬地边添茶边说。

风雪崖闻言这才似乎回过神来,瞧了瞧天色,心中多少有些不愉快。自己贵为武林盟主,这卧龙生不过是一介书生,竟敢如此对自己不敬。

"盟主,卧龙生屋外求见!"

兀地,一名金衣刀客瞬间出现在书房内,身法诡异。

风雪崖闻言身子一震,来了精神,就欲起身迎出去。

"盟主不必迎,在下已来了。"卧龙生依旧那般云淡风轻,带着阵阵清风掠进书房内来。

在卧龙生进门的瞬间,屋内所有的门都已尽数关上。

"你倒是守时!"风雪崖讥讽了句,剑眉星目的脸庞不怒自威。

卧龙生却好似没有听见，只是自顾自地添了杯茶，闻着淡淡茗香，笑看着眼前这位武林盟主。

"哼，拜剑山庄那边怎么说？"风雪崖坐到书房主位，端起一杯茶问道。这句话多少有些紧张，因为他握着茶杯的手在颤抖。

"拜剑山庄那边什么态度，盟主心中还不清楚？"卧龙生瞧人总是那么真切，目光如剑，狠狠地刺了风雪崖的内心。

风雪崖重重地掷下了杯子，显然已是有些怒火中烧。他这人生来便是直来直去，血里便有刀客的那般豪爽。

"我风雪崖一生为江湖付出多少血汗？难道如今朝廷剑指神刀门，这些门派便不愿助力？"风雪崖似是气不过地自言自语，也似是在旁敲侧击地发问。

毕竟他贵为武林盟主，有些疑惑，不便放下身段去请教卧龙生，即便他被称为江湖第一诸葛。

"覆巢之下岂有完卵？朝廷之所以要剑指神刀门，究其根本，不过是因为盟主武功高强，神刀门又兵强马壮，隐隐间威胁到了朝廷。"卧龙生心如明镜，直接打破了局面，开口解惑。

风雪崖有些不着痕迹地点了点头，卧龙生将他如今的局面看得很清："那依卧龙公子之见，本盟主又该如何在死局求生？"

卧龙生闻言哈哈大笑，一口饮尽茶水，紧接着便直接摔碎了那青瓷茶杯："不识庐山真面目，只缘身在此山中。盟主何不跳出这局来看？"

"卧龙公子此话怎讲？"风雪崖站起身来，连忙催问。

"拜剑山庄与神刀门并立已是多年，影响力根深蒂固，因此即便江湖中没有神刀门，武林仍不会大乱。而这样一来，朝廷却能独善其身。"卧龙生不知从何处捏起了一枚棋子，猛地朝墙上地图射去，顺声看去，那枚黑棋子直直地嵌在拜剑山庄的位置。

风雪崖浑身一震，双拳紧攥，显然有些意动，但却依旧还是开口道："除此之外，别无他法？"

除掉拜剑山庄，江湖中便只有神刀门能够镇压武林群雄，朝廷如若不想天下大乱，那便不能动神刀门分毫。

而天下，那是帝王家的宝物，又岂能大乱？

不过风雪崖身为武林盟主，这等灭门的事总不好直接应下来，于是才多问了这一句。

"盟主是明白人，话已至此，卧龙生告退。"卧龙生见状，心中早已明了。还未等风雪崖再开口，已经飘身离去。

风雪崖抬头望着卧龙生离去的方向，心中不禁有些感叹，一个人若是太聪明，也非常可怕！

"飕！"

兀地，破风声响起，那名金衣刀客再度出现："主人，卧龙生已走了？"

风雪崖点点头，目光复杂。金衣刀客见状，试探地开口："那……拜剑山庄那边？"

"斩风，明日起，我要武林中再无拜剑山庄。"风雪崖伸手甩出一道金牌，刻着柄金刀标志。

那是神刀门主的令牌！

金衣刀客一把接过金牌，单膝跪地："是，斩风领命！对了……大小姐她醒了。"

风雪崖闻言猛地站起身来,面庞上难得露出些许暖意:"小姐何时醒的,还在阁中吗?"

金衣刀客刚欲答话,一抬头,风雪崖已经消失不见,见状他也只得无奈地笑笑,再度化为一片黑暗消失不见。

鸟语花香,艳阳高照。

这已是沈无眠离开洛阳城的第九天。

秦岭北麓,逍遥剑冢。

漆黑的石洞中,黯然的火苗隐隐跳跃,邋遢的老道士此刻显得有些疲态,他面前正站着喘着粗气的沈无眠。

"小家伙,你难不成是想累死我这把老骨头?"老道士一手举着酒壶,一手持着破军剑,样子风尘仆仆,疲态尽显。

而顺着剑尖指着的方向看去,便能瞧到正大口喘息的沈无眠,灰头土脸,已是狼狈不堪,手中拎着那柄秋水剑。

"这地方那么多绝世剑法,我怎能不练?"沈无眠也已经累得瘫坐在地上,大口喘息。

说到这,老道士更是气结,跳到沈无眠跟前好似在瞧什么宝贝似的:"你这小家伙,悟性也太高了些,这些剑法竟然过目不忘。"

沈无眠闻言嘿嘿一笑,接着便再度走到了一面壁画之前,顺着那招招剑法图谱,自我练习起来。

他从不知道自己的记性可以这般好,这些繁琐的精妙剑法,就宛如一张张画卷,在他脑海中串联起来,翩翩而舞。

"你这小家伙,倒还真是废寝忘食,这才不过三日的工夫,已将我这里的宝贝学了大半。如今你剑法融会贯通,手中又有秋水剑相助,怕是和风雪崖也足有一战之力!"邋遢老道士饮着美酒,有些羡慕地打趣道。

"那是,以我的天资……等等,你说几日了?"沈无眠原本尚在笑,突然间却又反口发问。

老道士愣住,既而又道:"三日。"

沈无眠却猛地跳了起来:"我在这里已经三日了?我为何觉得只一日?""整日都是这般模样,你练功练得痴了,忘记些日子也属正常"邋遢老道士指着周围。

沈无眠长叹一声,转身便朝石洞外跑去。

"小家伙,你干吗去?"老道士抓住沈无眠,不解地发问。

"师傅,待弟子办完了事,便会来孝敬您老!"沈无眠话音未落,人却已经跑得没影了。

"小家伙,人生中除了仇恨,总得有些别的。"老道士在原地看着一溜烟消失不见的沈无眠,似笑非笑。

是啊,人生中除了快意江湖,总得有些儿女情长。

才子总得和佳人相配,但此刻素水心的心情却实在不算好。

"这是哪儿?"素水心有些虚弱地睁开双眼,当她醒来后,惊讶地差点喊出声来。她从未见过如此富丽堂皇的地方,那是千个百个妙音坊也比不上的房间。

淡淡的檀木香萦绕在身旁,镂空的雕花屏风孔隙中射入斑斑点点细碎的阳光,毫无杂色的铜镜置在眼前,映出素水心那张倾城倾国的容颜。

"大小姐,你醒啦?"一个梳着双环鬓的俏皮丫鬟端着铜盆走了进来,见到睁开眼的素水心惊喜道。

素水心边揉着有些痛的头边站起身来疑惑地说:"大小姐?"

丫鬟在铜盆中取出了洗好的脸帕,凑到素水心身边,边擦拭着脸边艳羡地说:"大小姐您能回来真是太好了,老爷号令神刀门上上下下找您找了这么多年,总算是团聚了。"

"谁是老爷?"素水心脑袋有些发懵。

丫鬟闻言脸上顿时换上了骄傲的表情,神情极为崇拜:"咱们老爷那可是了不起的大人物,不仅是咱们神刀门的主人,更是当今武林的总盟主。"

"武林盟主?"素水心越听越糊涂,只是还未待她多做思考,屋外已经传进了武林盟主风雪崖的笑声。

"大小姐,是老爷来啦!"丫鬟惊喜道,赶忙迎到了门口,屈膝跪地。

风雪崖大步如流星,直接冲进了房内。本来这大家小姐的闺房即便是亲生父亲也不能轻易入内,但风雪崖本就是江湖中人,不喜繁文缛节,更何况这已是多年来的愿望,哪里还顾得上这些礼数。

"快叫爹看看!"风雪崖一眼就瞧见了尚还坐在床边的素水心,直直迎了过去。

"你是谁?别过来!"素水心赶忙向后挪了挪身子。

"像,真像……你叫什么名字?"风雪崖停下脚步,生怕吓到眼前这个倾国倾城的女儿,痴痴地望着,只觉得时光飞逝,经年如梦。

"小女子名唤素水心,见过武林盟主。"素水心见这男人停下脚步,这才平静下来,她曾在妙音坊早已是阅人无数,打量着眼前风雪崖,只觉这人身材魁梧气宇轩昂,眉宇间尽是霸王之气,应是个了不起的大人物。

"水心……我是风雪崖,我是你爹啊。"风雪崖愣在原地,这么多年来他无时无刻不对自己的这个女儿心心念念,他身为武林盟主,江湖之中已无太多所求,最想要的便是儿女相伴享受这般天伦之乐。

但他却忘记了一点,他离开时,素水心还只是刚满岁的婴儿,又怎么会对他这个父亲有所印象?

"我爹?这不可能,我爹早就死了。"素水心低下了臻首,神情显得有些落寞。

风雪崖急切问道:"我真的是你爹?"

素水心抬头盯着风雪崖那双眼睛,早已没有武林盟主该有的凌厉杀气,而是充满了慈爱与焦灼的神情。

"即便你是我爹,但在我的心里,你也早就死了。"素水心看着风雪崖眼中的神色,顿时信了几分,但却依旧咬着薄唇执拗道。

"你这是胡说什么话!你娘呢?这些年我一直在寻找你们娘俩,却始终没有下落。"风雪崖面色刚板起来,叹了口气,却又软了下来。

"我娘?你没有做到一个男人该尽的责任,害死我娘,还好意思问她的下落？"素水心面如死灰，眼圈已经红了起来。

风雪崖身子一震，如遭电击，咬着牙双拳紧攥："难道说你娘她……"

"我娘在我七岁那年就死了，我们像往常一样做饭烧菜，突然有很多人拎着剑冲了进来，那些人本是要杀你的，但我娘死也不愿意说出你的下落，被逼自尽！"素水心死死地盯着风雪崖，凤目中早已蒙上一层晶莹的水雾。

素水心越说越是激动，他恨透了自己的爹，恨透了那个从未出现帮过他们娘俩的男人："要不是娘第一时间将我塞在米缸里，我也不会逃过一劫，后来我被迫卖在妙音坊，你知道我是怎么长大的吗？"

"现在看起来，你日子过得真是好，也真是威风，你既然没有死，也早已抛弃了我们母子，又何必现在来假惺惺寻我？"素水心挥手将铜镜打翻，砸在地上，发出刺耳的声响。

"当年，我以为我离开会换来你们的平安，现在看来是我错了……"风雪崖脚下一个趔趄，险些摔倒，强撑着坐在屋内的大理石案上，一言不发，但他全身都已因为暴怒而颤抖起来。

"是你错了，你大错特错！我不会原谅你！"素水心早已哭成了泪人，惹人怜爱。

"水心，不管你会不会原谅我，我都要告诉你当年的真相，你再怪我也不迟……"风雪崖缓缓转过头，在这一刹那，他仿佛瞬间苍老了许多，不再是那个武功绝世的大侠，也不再是高高在上的盟主，而是一个平凡普通的老者。

两父女之间开始低声讲述起过往，风雪崖用着嘶哑的嗓音慢慢揭开自己那十几年来还未长好的伤疤——

风云动，云海间，鬼笑崖，一线天。

这里，便是当今天下第一险地，鬼笑崖之巅。

下可入九幽，上可遁青天。

山脚下的白雪弥漫了整片原野，唯有那一条上山的路，雪花都变成了猩红的颜色，化作血水，潺潺而下……

"风雪崖，本座再给你一次机会，交出红尘刀，我今日便给你个痛快！"

"妖人，红尘刀杀人无数，乃是世间冤孽之源头，我太虚观必须将其收回，你速速将其交出，贫道必保你一命！"

"施主，莫要再如此执拗了，只要你肯交出红尘刀，我便将你收到老衲门下来，苦海无边，回头是岸！"

鬼笑崖之巅，喧哗之声不绝于耳。

风雪崖站在包围之中，傲立雪中，身上虽然已有了十几处剑伤，但那双如刀般凌厉的双目，依旧犀利得骇人。他身后站着一位身上沾满鲜血的美妇，虽然她身上已经有些显得狼狈，但那双无法遮蔽的明眸似含秋水，绝色容颜美得令人不敢直视。美妇怀中的锦缎襁褓里是一位粉雕玉琢的女婴，与母亲长得极像，简直是一个模子刻出来的。

风雪崖扫视着崖顶的那群人，宛如流水般滚滚杀意自体内流淌而出。为了护住身后的美妇与女婴，他脚下绝不后退分毫，大有一夫当关万夫莫开之势。

风雪崖手持一柄单刀，那是柄很亮的刀！

刀身略窄，衬托出了那锐不可当的锋利，刀身上刻着几朵花瓣，与那刀尖不断滴落而下的暗红色血珠形成了鲜明的对比。

这是柄杀人刀，也叫红尘刀！

红尘一怒，万里缟素；

红尘拔刀，天下折腰！

这是江湖上关于这柄红尘宝刀流传出的歌谣，象征着得红尘刀者得天下，这是柄裁决之刃，杀戮之刃！

在风雪崖周围，除了那自许正义的三大掌门外，再无蝼蚁敢踏前一步，因为他们知道，手持红尘刀的风雪崖若真想杀他们，只需要一个呼吸的时间。

风雪崖双目含怒，他本是江湖上一个小有名气的刀客，机缘中意外获得红尘刀，从此修炼红尘刀法功力大涨，继而除魔卫道，一时间名燥江湖。

但江湖人又有几个人不眼红这般神兵利刃，绝世功法？因此纷纷组成"正义之师"讨伐风雪崖，说要收回这柄杀人无数的红尘妖刀！

风雪崖自然不愿意将重宝交给这些伪君子，暴怒之下大开杀戒，却没想到因为自己的一时冲动，惹得家破人亡被江湖人追杀。

幸好，他还有一位善解人意的绝色妻子陪伴，两人决定退出江湖，其实他已带着妻子逃了大半年，昨日却在长安城内遭到剑雨楼、太虚观和达摩寺三大门派联手埋伏，风雪崖为了护妻子与女儿的周全身受重伤，后被一路追杀到了此处，鬼笑崖之巅。

更加无耻的是这些伪君子竟然对自己的妻子,一个怜弱的女流之辈痛下毒手!龙有逆鳞,触之则怒,风雪崖自然也不例外。

匹夫无罪,怀璧其罪。
引来这些血债的原因自然便是风雪崖手中握的那柄刀。
红尘刀!
风雪崖看着周围那些人贪婪火热的目光,暗叹一声,旋即回头望了一眼那疲惫不堪的美妇,将随身佩戴的玉牌塞在尚在襁褓中的女婴怀中:"素素,答应我将咱们女儿照顾好,若是我大难不死,我定去寻你母女!"

美妇身子一震,犹豫了半晌她终究还是狠狠地点了点头,冰冷的唇颤抖着吻在风雪崖脸颊,双目中满含柔情。

"飕飕飕!"
就在两人这接吻的一刹,猛地三道箭弩已经无情攒射而来。
风雪崖连忙抱着美妇险而又险的躲过,同时大声叱咤道:"素素,带着女儿走!"

美妇看着风雪崖坚毅的脸庞,又看了看怀里的女婴,这才流着泪转身逃去。那些本想阻止这母女的两人,刚迈开步子,已被风雪崖尽数拦下!

"似你们这般胆小如鼠,缩首如龟的粗鄙小人,便是再多十倍百倍,我风某何惧!"风雪崖满含怒意的双目扫视着众人,仰天咆哮一声,霸气凛然地说道。

红尘刀应声而出,一道刀光直射九天,在空中划过一道长虹，众人看到这一幕，心中更是火热难耐，恨不得立刻将这等神物握在自己手中。

风雪崖仿佛要噬人般地盯着敌人，厉声道："红尘刀我不会放下，若想要，只管来送死！"

刀身微微轻震，映出刀光一片，森然逼人，仿佛曾经那些无法计量的刀下亡魂在痛苦地哭嚎着。

"大家一起上，这厮已经是强弩之末了，不足为惧！"一魁梧的虬髯大汉叫喊道，看模样应该是剑雨楼的弟子，这人手中飞剑一招，冲着风雪崖扑杀过去。

就在众门派准备群起而攻之时，只听得"噗"的一声，那名先前叫嚣的剑雨楼弟子已经气绝身亡，银色刀光一闪而逝，飒飒寒风，那弟子的尸骸顿时化为飞灰，没有留下一丝痕迹。

"风雪崖，你死到临头，还敢口出狂言，看本座灭了你。"剑雨楼主见到门下弟子被杀，心头一怒，手中双剑齐出，左剑格挡，右剑攻敌，专打要人命的穴位。

太虚观的掌门师叔与达摩寺方丈也是各自施展武功，跻身进来，与风雪崖斗作一团。

风雪崖看到三大掌门联手，心中热血一涌，手上的力道更是添了几分，与三大掌门飞沙走石地斗了数十个回合，依旧不落下风！

几道铁弧不断对碰，不断擦出耀眼火花与碰撞声，每一次都是那么的刺耳。

"黄龙吐翠！"只见那剑雨楼主手中宝剑突然一撩，引起剑气万千，朝着风雪崖突袭而去。

风雪崖大惊，脚下倒运七星，就欲抽身而退，可刚一抬脚只觉得脖颈子后面一凉，回头瞧去，只见太虚观掌门师叔手持一杆佛尘已经迎面扫来。

"施主，愿你早日超生！"达摩寺方丈眼中闪过一丝不忍，旋即又被贪婪遮盖，手中亮金禅杖再不犹豫，朝着风雪崖狠狠砸下。

"噗！"

鲜血漫天洒下，染红了大地。

三大掌门联手下，本就已身受重伤的风雪崖终究还是没有躲开，一口鲜血喷出，狠狠地摔在地上。

"除魔务尽！来人，给我把刚才跑掉的那个女人也追回来杀掉！"剑雨楼楼主看着跪倒在地的风雪崖，哈哈大笑起来。

另外两名掌门互相瞧了瞧，虽然觉得有些残忍，但当前情形三家毕竟是盟军，只能当作没有听到，不顾不问。

"遵命！"两名剑雨楼弟子躬身领命，紧接着便抽剑朝山下冲了下去。

"找死！"

风雪崖也不知从哪里来的力气，猛地掷出红尘刀，众人只觉得红光一闪，两名剑雨楼弟子已是气绝身亡。

他们的人头都已经落地，同时插在地上的还有那柄染血的红尘刀。

"你们很想得到红尘刀是吗？"风雪崖双眼涌上一层死寂的灰，颤颤巍巍地爬起来，盯着众人阴森地抽噎道。

只见他右手一扬，那刚才被插在地上的红尘刀脆响一声，再度飞回自己手中。

风雪崖冷漠的扫视着周围,平静地道:"宁为玉碎不为瓦全,你们都想要这红尘刀?好,今日我就让你们知道,何为斩红尘!"

只见他突然反手一掌拍向自己的丹田,霎时间风声大作,丹田碎裂,真气在风雪崖四肢百骸内拼命运转起来,这俨然已是不要命的打法。

"杀!"

风雪崖脖子一仰,眼中杀意纵横,厉啸声如同九天玄雷般直冲霄汉,右手一挥激起万丈刀光,只是一个呼吸的工夫,前一刻还喧闹的崖顶,便成了人间地狱。

只听得"乓乓乓乓"的声音,在场所有江湖人腰间佩戴的刀剑兵器都在此刻一齐作响,就如同臣子躬身迎接帝皇一般。

风雪崖浑身浴血,在血雾中傲然抬头,持刀而立,眼中充斥着无限的杀机。

"看清楚了,这,才是真正的红尘刀!"风雪崖仰天大吼一声,持刀在人群中杀了个三进三出,无人可敢与之争锋!

甚至就连三大势力的掌门也只得暂避锋芒,风雪崖此刻已经杀红了眼,这拼命三郎的架势,光是远处望着,便让人打心底里发寒……

"红尘一怒,天下缟素!"风雪崖举刀横劈,已经杀到了剑雨楼主的眼前,还未待其反应,已经砍下了其项上人头。

"休要放肆!"太虚观掌门叱咤一声,佛尘横拍,拦挡过来,没想到风雪崖也不见闪躲,宁愿让佛尘将自己割下二两肉,也拼死杀了这牛鼻子老道。

达摩寺方丈心头一惊,转身欲走,却只听得身后传来风雪崖的怒吼声:"你这老秃驴,留下命来!"眨眼间,风雪崖已经是白刀子进红刀子出,将方丈变作刀下亡魂。

北风如刀,在这鬼笑崖之巅不甘寂寞的呼啸。风雪崖单手倚刀,喘着粗气,颤颤巍巍地走到最后一名仿佛丢了魂似的敌人身前,狰狞道:"红尘拔刀,天下折腰!"言罢,刀光一晃,那敌人的头颅已经滚落在黏稠的血海之中。"哈哈哈哈哈……你们都该死!"风雪崖扬天大笑,手中红尘刀仿佛拐杖一般撑着他的身子。

他体内的真气极为混乱,俨然已是必死的伤势,他原本也以为自己看不到明日的太阳。可正在这绝望之时,一名长相平庸的神秘男子持剑而来,这人武功之高,就连风雪崖都根本看不透分毫。

"你是来杀我的?"风雪崖挣扎着不让自己昏睡过去,他知道自己只要多拖一秒,自己的妻子和女儿就能逃更远一些。

"你可想成为武林盟主?"持剑的神秘男子看着风雪崖平淡地笑着说道,可这说出来的话,却是石破天惊。

风雪崖头脑有些发懵:"武林盟主?"

"不错,成为这五湖四海的主人,以你现如今的刀法,足以称霸武林。"持剑的神秘男子一步步朝风雪崖走去,越是离得近,风雪崖的心脏跳得就越快,那是种强烈的压迫感。

风雪崖不自觉地回退,却又险些摔倒在地:"我如今怕都活不过今日,又怎能当什么武林盟主?"

持剑的神秘男子盯着风雪崖,整个人的气势宛若一柄可以刺穿苍穹的利剑:"你只告诉我,你愿不愿意?愿不愿意号令群雄,愿不愿意杀光那些虚假的伪君子,愿不愿意让你的妻儿过上幸福安居的日子?"

风雪崖到此时,已经有些意识不清,失血过多加上内力不停溃散,他几乎是咬着牙用尽全力说出了那两个字:"愿意!"

"扑通!"

风雪崖说完那句话就已经昏倒了,他以为自己死了,但却并没有。当他醒来时,他已在金衣刀客斩风的家里,斩风说是主人派他来帮助风雪崖当上武林盟主的。

直到很久以后,风雪崖才明白斩风口中的主人是谁,也才清楚当年那个持剑的神秘男子的身份,他正是逍遥剑冢的主人,逍遥剑神!

风雪崖手握红尘刀,又加上刀客斩风的相助,不出两年已经冠绝武林,创建神刀门并坐上了武林盟主。但他的心病却一直都在,那就是自己的妻子和女儿下落不明。

风雪崖甚至想过发布武林帖让全天下人去找,但又怕自己结仇无数,万一让别人知道了,反而对她们娘俩不利。于是他就请来最好的宫廷画师,将当年自己塞在女婴怀里的玉牌做成画轴,神刀门上下人手一份。

这个回忆的故事很短,但风雪崖却讲了很久,因为他几乎是哽咽着讲给素水心听的。素水心越听越惊心,尤其是当他听到风雪崖拼命反杀三大掌门那般惨烈时,心又不由得刺痛。

素水心强忍着泪水摇了摇头:"故事里那个襁褓中的女婴

是我？"

　　风雪崖没有答话，转身从房间内掏出了一个画轴，缓缓打开后递给了素水心。

　　素水心看到图上所画的玉牌一时间愣住了，低头看了看自己脖颈上挂着的降龙玉牌，果真一模一样。

　　"十年过去了，爹甚至以为这辈子都见不到你了。"风雪崖双目含泪，慈爱地望着素水心，想抱住却又怕吓到她，将手收了回来。

　　素水心几乎是同时间伸手紧紧地抱住了风雪崖，很用劲："爹，是水心错怪您了，娘，我找到爹了！我素水心终于有爹了！"

　　男儿有泪不轻弹，只是未到伤心处。

　　风雪崖刹那间老泪纵横，紧紧地抱住素水心，哽咽道："曾经爹没保护好你娘，但爹绝不让别人碰你一根汗毛。"

　　素水心那天有了生命中第二个最重要的人，就是他的爹风雪崖。

　　而她第一个最重要的人呢？自然是沈无眠。

第八章

神刀风雨

剑走轻盈随风荡,
九爪神鹰成绝唱。
江湖险恶天罗网,
万里山河任我闯。

秦岭北麓，剑冢之外。

沈无眠大约是用了这辈子最快速度，因为许下的七日之约，他已晚了不少。

他原本想取到神兵就返回洛阳寻素水心。却哪知被老道士带回了剑冢，看到那些精妙招式，只是参悟了些，没想到已过了三日。

素水心终究是他心中唯一的柔软，如果说他生下来便为了复仇，那素水心便是他复仇后继续活着的意义。

沈无眠发足奔了一盏茶的工夫，便已经看到一缕淡淡的薄光缓缓自眼前晕开，云雾缥缈。

"轰隆……"

青石堆垒的山门随之升起，沈无眠应声而出，相比前几日他仿佛已经脱胎换骨，眉目间流转着淡淡寒光，无形的气劲随之流转，手中握着的那柄古老的剑鞘虽不起眼，但却隐藏着无尽的锋锐。

"风雪崖，我腥风剑客回来了！"

沈无眠仰头大笑，这笑声如似惊雷般回响在秦岭峰顶。随手挥了一剑，只瞧银光一闪，秋水剑骤然斩出"砰"的一声闷响，一棵两人合抱的柳树被拦腰斩断。

以意御剑，以气伤敌。

沈无眠参悟了壁画上无数精妙剑招，如今早已精通天下剑法，对于剑气的使用，更是如臂指使，圆润如意。

"飕！"

兀地，一柄漆黑的弯刀朝沈无眠劈了过来，这一刀凌厉迅猛，直取沈无眠全身上下命门所在。

秋水剑眨眼便已经挡了过来，将那柄弯刀挑飞，紧接着两人便插招换式互相拆招起来。一霎间，剑如游龙，鹰击长空。

"卫天鹰，你的刀怕是有些钝了。"沈无眠抽身而退，手握秋水剑盯着眼前那黑衣人。

依旧是那一袭黑袍，头戴斗笠，手持着那柄漆黑的弯刀，正是先前几次险些要了沈无眠性命的九爪神鹰。

卫天鹰轻叱一声，手中弯刀朝着沈无眠脑袋斜削而出，沈无眠面色不改，双指如剑，伸手随意一掐，那柄漆黑的弯刀便已被轻易夹在指尖，无法移动分毫。

"或许上次见面，我对你还有所忌惮，但此刻你我已是云泥之别。"沈无眠笑了笑，紧接着食指猛击刀骨，凌厉的内劲差点让卫天鹰紧攥的弯刀脱手而出。

好沉的劲！

卫天鹰面如死灰，冷汗直下，他怎么也想不到，这三日前还险些做了自己刀下亡魂的剑客，如今怎么这般厉害？

刚想到这，卫天鹰的思绪就已经被打断了，沈无眠秋水剑直指他的胸膛，只要再入三分，他必死无疑。

"九爪神鹰,死前可有话留下?"沈无眠手持秋水剑,一副人畜无害的笑脸。

"我可是神鹰岭未来的掌门!"卫天鹰的脑子已经转不过来,他只希望能留下这句话唬住他。

若是遇到别人,或许卫天鹰尚有生路,但他面前站的,可是在心里誓要斩杀武林盟主的腥风剑客。

这般人物,又怎会惧怕神鹰岭?

"不好意思,你的遗言我不喜欢。"沈无眠轻笑,手中秋水剑轻轻往前一递,卫天鹰已经生机全无。

神鹰岭第一高手,江湖第一杀手,就这样死在了沈无眠手中。卫天鹰的死没有站在紫禁之巅,没有与绝世高手血战三天三夜,也没有天下群雄围观喝彩。

这就是江湖,越是有名的大侠,往往死得越是无名。

"谁?"沈无眠听到了四个方向都有破风声朝自己冲来。

他的眼前仿佛刮了一阵风,那风很快也很轻,眨眼间已经变了三个位置,定神瞧去,正是云月空。

"腥风剑客,我云月空便于你在此决出天下第一剑!"云月空迎风招展,手中薄剑朝着沈无眠双目狠狠刺来。

剑击半空,两人行云流水般斗了起来,七招之内,两人平分秋色,十五招后,沈无眠略占上风,待拆到三十招开外,云月空俨然已经险象迭生,自顾不暇。

云月空心中大惊,刚欲抽身而退,沈无眠又一剑已经刺了过来,那剑法极简,但却招招要命。

"嘶！"

云月空那身向来一尘不染的白衣已被划开了长长的缺口，头顶绑的束发云带也已崩开，一头乌黑的墨髯随风飘扬，显得有些颓然。

沈无眠没有再出剑，他心中大为惊奇，这是他第一次跟云月空交手，也是第一次知道云月空的剑法竟然如此了得。

"你有资格接我一剑！"云月空看着自己白衣的缺口，双目有些无神。

沈无眠秋水剑横倚，傲然而立："我已接了你三十余剑。"

"青山剑仙曾死在这一剑之下。"云月空双目泛寒，腰杆挺得极直，整个人的气势瞬间攀升，仿佛一柄欲要刺破苍穹的利剑。

"风雪崖不久后将死在这一剑之下。"沈无眠横剑当空，秋水剑隐隐作响，缓缓扬起，那是风雷逐月的起手式。

英雄相惜，两人各自盯着对方，心中都有些不忍。

这一剑刺出，两人必死一人。

两人都没有再动，只是蓄势待发。

"罢了，此刻起你便是天下第一剑了。"沈无眠收起秋水剑，劲风内敛。

"为什么？"云月空心中一惊，以先前的交手来看，沈无眠剑法精妙，而且极为多变，赢面远远大于自己才对。

"我大仇将报，这等虚名要来也无用，你贵为拜剑山庄大公子，莫给家里丢脸。"

沈无眠身子迎风一跃，朝着山下便飞掠而出，他本就无心欲争这天下第一剑，更何况此刻他早已归心似箭，只想去赴与素水心的约定。

微风轻拂，柳条随意摆动。

数十名拜剑山庄的弟子持剑围在峰顶，远远地望着云月空，没有人胆敢靠近。

云月空那天在山崖上站了很久，终究也未放下手中的剑。生性高傲如他，又怎愿意接受他人施舍？

"贫者不受嗟来之食，天下第一剑？我云某迟早自己夺回来。"云月空双拳紧攥，宛若仙君傲立于崖顶，暗暗发誓。

"扑通扑通……"

一声鸟儿的莺鸣传来，打破了云月空的思绪。

鸟儿翩飞，落于云月空的手掌之上，这是一只灰黑色的飞鸟，名为"灰线"，它的目力甚至可以与鹰相比，而且体积渺小，不易被发现。

"父亲的讯鸟？"云月空眉头蹙起，看着落于掌中的鸟儿，扶了扶它的羽毛，接着拆下了它腿上缠着的布条。

云月空心中一跳，那是张染着脏墨的羊皮信纸，自己的父亲喜静爱雅，生活从来都是颇为讲究，写信更是优雅工整，绝不会染着墨点便寄信出来。

犹豫着缓缓打开，只有一排密密麻麻的小字："神刀门发难，速回拜剑山庄。"

云月空盯着手中的纸条，那慌忙中书写的小字依稀能辨出是自己父亲的笔迹，云月空重复呢喃了好几遍，这才敢确认，但却愣在原地。

拜剑山庄身为江湖第一剑派，那已是泰山北斗般的存在，神刀门虽贵为江湖第一势力，但两者之间差距并非想象中的那么大，抛开风雪崖不谈，弟子实力可谓是不相伯仲。

"伤敌一千自损八百，神刀门发什么疯？"云月空将信纸撕碎，招呼了一声，便翻身上马，朝山下冲去。

余下的几十名拜剑山庄弟子还不知发生了什么事，瞧云月空一马当先，都是赶忙争前恐后地追了出去。

烟尘四起，马蹄翻飞间已然消失不见。

残阳缓缓在重云遮掩中隐去，万物萧条。

凄厉的呐喊声响彻在云端，本来金碧辉煌的高墙阔院此刻早已变作断壁残垣，满地狼藉。

拜剑山庄的弟子与神刀门厮杀起来，横尸遍野，触目惊心，而位于战圈最中心的，正是风雪崖身边的近卫斩风。

"给我杀，鸡犬不留！"斩风拎着一柄漆黑细长的单刀，在人群之中左劈右砍，鲜血雨一般挥洒。

神刀门的弟子因为是主动发起攻势，自然占了上风，渐渐地拜剑山庄弟子已近疲态。

两方人马足足杀了三个时辰。

夜已黑了，但火把却将天地烧得通明。

拜剑山庄的中庭之内，已是涌进了不少神刀门的弟子，十几名白衣剑客身上挂满伤痕，但却依旧苦苦坚持。这些人当中有一名身穿锦袍的大胡子中年男子，这男子眉宇间天生霸王气，这般气度之人自然是拜剑山庄庄主云青山。

"庄主你快走,他们已经杀进来了。"白衣剑客边打边退,高声招呼道。

云青山岿然不动,尽管手上血流不止,攥着的剑都已微微颤抖,但脚下却不动丝毫。云氏宗族上下三代人的心血都已倾注在这拜剑山庄当中,如今又怎能毁在自己手中。

"既然神刀门想要灭我云家,便是粉身碎骨,老夫也要崩掉你几颗门牙!"云青山怒叱一声,飞身越过护在身外的白衣剑客,与神刀门涌进来的弟子杀了起来。

兀地,一名金衣刀客自门外旋风般杀了进来,甚至就连云青山都没有看清来人。红光闪过,两名白衣剑客已经被开膛破肚,暴毙身亡。

"小心!"云青山厉声叱喝,但终究晚了一步,手中宝剑横扫,朝着那名刀客便已刺去。

但云青山的剑却始终慢了半拍,那旋风般的刀客转手间又连杀了两人,刀法凌厉,皆是夺命的招式。

"拜剑山庄所属,布天星剑阵!"云青山手中白光出鞘,与身后十几名白衣剑客的剑影交织,组成了庞然大阵。

那旋风般的刀客终于停下,手倚横刀傲立风中,一袭金衣显得那般耀眼,双目中透着些许不舍与凛凛杀气。

金衣刀客,斩风!

"主人的计划又一步完成了!"斩风看着千疮百孔的拜剑山庄,向来淡然的他嘴角竟露出一些笑意。

只是他口中的主人,到底是风雪崖,还是逍遥剑冢的剑主?

眨眼间,云青山已经率着拜剑山庄弟子们挺剑而来,电光火石间,斩风已经拔刀劈出,所有人的目光都被这一刀吸引住了,直来直往但却凌厉凶猛。

好狠的刀!

东方即白,淡淡光芒将世间点亮。

洛阳的那个被废弃的简陋破庙中又多了一人,他已在这儿待了三天三夜,也已经心碎。

"水心,你到底去了哪里……"沈无眠瘫坐在地上,身旁摆满了喝空的酒坛,满地都是碗儿碟儿的碎片。

约定了七日之约,沈无眠终究还是来晚了。

曾经的妙音坊已经变成了快绿阁,这三天三夜,他已找遍了整个洛阳城,但偌大的城市中少了一个歌女而已,谁又会关心?

三天三夜,沈无眠从未合眼,他发了疯似的寻找,继而陷入无尽的绝望当中。

"我为什么要去参悟那些剑法?"

"谁要是敢伤你,我必要了他的狗命!"

"水心,你答应过要与我隐居山野的!"

沈无眠几乎是一碗接一碗牛饮而下,嘴上灌着酒刚下肚,转眼就已从眼角化成水顺着淌了出来。

"轰隆……"

兀地,天降惊雷,划破长空,紧接着便是倾盆大雨席卷而下,仿佛水龙王发怒般。

沈无眠越喝越觉得烦闷，想念、后悔、自责、绝望等种种情绪自他心中不断萦绕，那团无名的怒火就连最烈的高粱酒也无法浇灭。

"窸窸窣窣……"

轻巧的细碎脚步声自破庙外传来，一听便不是魁梧男子的脚步。而破庙这地方早已废置多年，平日里绝不会来人才是。

"水心！你回来了！"沈无眠将碗随手扔掉，眨眼工夫便蹿了出去，只是一眼，已失望透了。

沈无眠不远处跑掉的是个脏兮兮的小乞丐，撑着一片草席遮在头上，蹿进了破庙内。

"老天！难道这就是我杀人的报应吗？可我杀的都是大奸大恶之徒啊！"沈无眠几欲发狂，仰天咆哮，尽管暴雨倾盆，也依旧矗立在雨中。

"锵！"

秋水无痕剑应声出鞘，沈无眠手腕一抖，整个人已是如同螺旋般跃了起来，脚踏七星，剑如游龙，在暴雨中舞了起来。

"杀！杀！杀！"

沈无眠手中的剑法越来越繁杂，时而使出华山剑法，时而舞出昆仑剑法，总之这任何一滴雨水他都如临大敌，剑剑凌厉要命，非要拼个鱼死网破。

有道是抽刀断水水更流，尽管沈无眠剑法再如何卓绝超凡，他也杀不散这漫天风雨，斩不断这天降长河呀。

"呼，呼……"

沈无眠大口喘着粗气，额头上的水渍已分不清是雨滴还是汗珠，秋水剑在手中不停地颤抖，自从他四岁开始习剑后，就从未这样过。

连剑都拿不稳的人似乎根本不配称为剑客，但沈无眠却是江湖中众所周知的天下第一剑，这本就自相矛盾。

"杀，你们全部都该死！"

沈无眠宛若一只受伤的猛虎，整个人踉踉跄跄，拿着剑在暴雨中挥舞着秋水剑。雨水打湿了他的头发，打湿了他的衣服，打湿了他那颗脆弱的心。

一炷香的工夫后，沈无眠终究还是累倒了，他弯腰喘着粗气，想要咆哮但嘶哑的嗓子已经发不出声。

"老天爷，求你让我水心回到我身边吧。"沈无眠诚恳乞求上苍，嘶哑的声音几乎已被雨声盖过。

话音刚落，一片草席突然披在了沈无眠的肩上，沈无眠大喜过望，电一般地转过身。

"大哥哥，这大雨的天你会生病的。"脏兮兮的小乞丐一双清澈的眼睛看着沈无眠，很认真地开口道。

沈无眠只觉得最后的希望都已化为乌有，看着脏兮兮的小乞丐，眼前一黑整个人猛地瘫倒在地，不省人事。

东边日出西边雨，道是无晴却有晴。

曾经富丽堂皇的拜剑山庄如今已是一片狼藉，挂满刀伤的弟子们尸体横七竖八躺在地上。

几十名剑客快马加鞭而来，皆是风尘仆仆，观马的状态便知已是疲态。一名白衣公子首先翻下马背，发足奔来，这人面容尤为俊美,但却风尘仆仆,面如死灰,正是云月空。

"不可能的,不可能……"云月空双眼神光涣散,他朝拜剑山庄的中庭闯去,但却越走越慢,双腿像灌了铅一样。

拜剑山庄,屹立江湖之巅已有数十载,乃是天下剑客的信仰之所。即便神刀门势大,可毕竟也只是声势上,真的刀剑动起来,竟在翻手间就已灭了拜剑山庄,这并不合理!

"一定是父亲他们带着大部分弟子逃离了这里。"云月空有些慌乱,虽然他深知父亲的性格绝不会退却,但他不由得在欺骗自己内心。

一盏茶的工夫,云月空已经说不出话来,只是死死地盯着一处。那是被木板石块掩埋的地方,缝隙中插着一柄断剑,上刻三个大字——云青山。

云月空没有去扒开那些木板石块,因为他已看到满地的血迹早已变干结痂,而且他也不敢面对这样的父亲。

"神刀门,这笔账我云月空会讨回来的。"云月空看着不远处那中庭上依稀可见的拜剑山庄匾额,眼中是无尽杀气。

数十名剑客这时也从外面跟着进到中庭,甚至还多带了几名身负重伤的拜剑山庄弟子,应是先前那场浩劫的幸存者,此刻已经都昏迷过去了。

"来人,将消息传出去,就说我云月空比剑输给了腥风剑客,即日起他便是实至名归的天下第一剑!"云月空负手而立,盯着那拜剑山庄的匾额,似是下了决心。

随行的剑客闻言一愣:"公子,如今咱们拜剑山庄遭遇劫难,您则更应该趁此机会宣扬自己，好招兵买马，东山再起啊！"

"敌人的敌人就是朋友，我云月空能招兵买马是不错，但我能招来腥风剑客这般绝顶高手吗？蠢货！"云月空眉头紧蹙，转身离去。

随行剑客们看着公子的背影，想说些什么却没有开口，他们都知道公子是何等骄傲，如今且肯放下身姿用计谋去拉拢腥风剑客。

从今天起，拜剑山庄让他们丢失的不仅是一个家，而是那份高高在上的傲人姿态。

夕阳西下，断肠人在天涯。

拜剑山庄虽然败了，但神刀门却更加辉煌，那依旧是武林人心中的圣地。

神刀门，武林盟主风雪崖。

风雪崖自阁楼上负手而立，手里拿着一块绣着鸳鸯的手帕，那是素水心留给她的。

"姑娘，你已决心要走？"风雪崖看着面前的素水心，温柔道。

素水心点点头："爹，我要回去找我的他。"

"乖女儿，爹会守着你。"风雪崖有些不舍，身为武林盟主的她难免也有些动容。

素水心紧紧地抱住风雪崖："爹，女儿也需要有一个像爹样的男人照顾呀。"

言罢，素水心便走了，带着风雪崖的整颗心走了。这是风雪崖当上武林盟主后第一次不舍，但他知道自己拦不下。

"腥风剑客？想当我风雪崖的女婿，可没那么容易。"风雪崖看着素水心离去的身影，不禁有些动容。

"飕！"

一道破风声猛地自风雪崖头顶的楼阁上悄然发出声响。

这声音微不能查，几乎比潺潺流水声还要小，但却终究没能逃过风雪崖的耳朵。

"回来了。"风雪崖转眼已换上了往日那副不怒自威的神色，远望青山，淡然开口。

"斩风见过盟主！"

话音未落，斩风那一袭金衣的身影已经出现在风雪崖面前，金衣束发，双瞳漆黑如墨，依旧手持着那柄漆黑细长的刀。

"拜剑山庄那边怎么样了？"风雪崖坐下身，抿了一口茶，缓缓说道。

"禀盟主，拜剑山庄上下已尽数死绝，庄主云青山已成了斩风的刀下亡魂。"斩风屈膝跪地，恭敬禀报。

风雪崖闻言，眼神中透露出了一丝惊讶："不过三日，你已将云青山杀了？斩风，你的功力又有所精进？"

斩风毕恭毕敬道："是有一些感悟，多亏盟主指点！"

风雪崖缓缓站起身来，长叹一声："我本以为，凭借我这么多年红尘刀法的磨砺，足以和剑主一教高低。但当年他能轻易派你这等绝世高手来助我，便已说明了他的境界。"

斩风闻言一愣，缓了半晌这才道："剑主实力通玄，没人知道他的真正实力，因为这天下间根本没有人值得他出剑。"

风雪崖闻言也微微点头，放下手中捧着的茶盏，偏过头去看着斩风,一字一顿道:"罢了,此事不提。但你切记斩草除根,你可确定拜剑山庄庄主云青山已死?"

斩风当下确认道:"是,云青山确实已死在我的刀下,只是……"

风雪崖严肃地看着斩风:"只是什么?"

"只是拜剑山庄的大公子云月空早已率人外出,因此属下没有办法灭口,属下担心他会来我神刀门报仇?"斩风有些断断续续地开口,显然遗漏了人,他也有些愧疚。

"他一定会来报仇!"风雪崖又饮了杯茶,面色不改。

斩风闻言双目圆睁,轻轻吸了一口凉气,忙开口道:"盟主,是斩风办事不力,那我们……"

"呵呵,不必担心,化蛟之龙,能翻起几朵大浪?"风雪崖将茶杯放下,远望青山,双目中的杀气一闪而过。

多年以后,风雪崖才发现今日这个决定有多么关键,甚至到他死时,都未想清楚这个决定是对还是错。

雨依旧在下,一直未停。

洛阳城的破庙中,沈无眠与脏兮兮的小乞丐正在一起烤着火。

沈无眠的面色已经有些发白,甚至都还在打着寒颤,任谁在那般狂风骤雨中疯狂练剑,身体怕都会吃不消。

"大哥哥,你感觉好些了吗?"脏兮兮的小乞丐将火堆尽量烧旺,清澈的大眼睛盯着沈无眠。

沈无眠无心理会,努力做出了一个微笑的表情,示意自己安好。

"大哥哥你也不爱说话呢,和素素姐姐一样。"脏兮兮的小乞丐学着大人的样子叹了口气,接着便缩到了角落里。

沈无眠闻言却是一怔:"素素姐姐?"

小乞丐听到沈无眠说话,顿时来了兴致,手舞足蹈地夸赞道:"素素姐姐是世界上最漂亮、最温柔的人。"

"嗯,我相信,或许是叫素素的都很美。"沈无眠闻言会心地笑了,接着便再度抬眼望着房梁,心中念着素水心。

小乞丐如数家珍,得意洋洋地炫耀道:"那是,我素素姐姐的夫婿那可是天下第一的剑客!"

天下第一剑?

沈无眠几乎瞬间清醒过来,猛地半坐起来,盯着小乞丐:"你说的那位素素姐姐,年龄多大,长相如何?"

小乞丐顿时为难起来:"我没问过素素姐姐年龄,至于长相那就是特别特别漂亮!"

沈无眠听着小乞丐的形容,只觉得味如嚼蜡,他有感觉这孩子口中的素素姐姐,很有可能便是自己的素水心。

"你眼观那位素素姐姐,猜有多大?"沈无眠依旧不肯放弃最后的机会。

小乞丐顿时犯了难,挠了挠头这才犹豫不决地道:"大约是桃李年华,不出二十。"

没错,二十岁!

沈无眠的双眼在瞬间便亮了起来,赶忙抓住小乞丐的肩膀,急切道:"你的素素姐姐,她去了哪里?"

小乞丐突然被沈无眠抓住,俨然已经被吓到,一声也不吭。

"乖,你告诉大哥哥她去了哪里,我帮你把素素姐姐找回来好不好?"沈无眠尽量将语气放平和。

小乞丐闻言却只是自顾自地摇着脑袋,像是拨浪鼓儿般。

"乖,这是十两银子,快告诉大哥哥好不好?"沈无眠从怀中掏出一锭雪花纹银,那已是他的全部家产,还是临走前邋遢老道士交给他的。

小乞丐大喜过望,一把将银子塞进怀里,但却依旧摇着脑袋。

沈无眠盯着小乞丐,认真地道:"你为什么不肯告诉我?"

"我怕害了素素姐姐,我也不知道你是好人坏人。"小乞丐同样极为认真地盯着沈无眠。

"我怎么会是坏人!我就是你素素姐姐说的那个天下第一的剑客!"沈无眠气得哭笑不得。

脏兮兮的小乞丐一下子蹦了起来,绕着沈无眠转了好几圈打量着。

"你在瞧什么?"沈无眠有些好奇。

"你怎么证明你是天下第一的剑客?"小乞丐撅着嘴盯着沈无眠。

沈无眠挥手一招,秋水剑骤然出鞘,只是白光一晃,破庙内放着的柴火竟每根都齐齐地段成八截。

"哇,大哥哥你好厉害!"小乞丐似乎是见了什么不得了的事情,眼中写满了崇拜。

沈无眠有些无奈地摸了摸小乞丐头:"现在可以告诉我了吧?"

"还不行,天下第一的剑客,会飞剑吗?"小乞丐大眼睛扫了一圈,这才好奇道。

沈无眠只得激出剑气,使秋水剑自半空兜了一圈才缓缓归鞘。

"那天下第一的剑客会挽剑花吗?"

"我会,你瞧!"

"那天下第一的剑客会轻功吗?"

"我会!"

"那天下第一的剑客会金枪锁喉吗?"

"喂喂喂,你是故意的吧,有完没完啊!"沈无眠已经接近崩溃,按住小乞丐认真地说。

小乞丐却立马换上了无辜的表情:"可你不做,我怎么知道你是不是天下第一的剑客?"

沈无眠深吸了一口气,接着换上了自认为最真诚的目光:"听着,素素姐姐随时可能有危险,大哥哥必须要去找她,你告诉我她去了哪里,好吗?"

小乞丐看着沈无眠,终于不再玩闹,沉吟了半晌,这才有些磕绊地讲那天偷肉包子的事情讲了出来。

"什么?你说突然出现了两名刀客将素素姐姐绑走了?"沈无眠心中一惊,大呼不妙。

小乞丐赶忙模仿着学道:"那两名刀客很厉害,连打我的那个胖掌柜都被他们打昏了。"

"胖掌柜?告诉我,那包子铺在哪儿?"沈无眠急忙喝问道。

"在西街!"小乞丐吓得咽了口吐沫,话音刚落,只觉得身子眼前一花，沈无眠连人带剑已经消失得无影无踪。

一炷香的工夫后，沈无眠已经来到了西街的包子铺，那胖掌柜因为每日都是早起做买卖，因此向来都在店内休息。

"这该死的雨天，吵得人睡不着觉。"胖老板因为雨声嘈杂，在床上辗转反侧无法入梦。

"吱……"

木门推揉声响起，沈无眠已经大步走了进来，他今日本就没想过偷偷摸摸。

"你是谁？"胖掌柜吓了一跳，赶忙蹿了起来，盯着沈无眠恐惧地道。

沈无眠看着他，没有拔剑，也没有出手，只是那宛若实质的杀气，便已将胖掌柜吓得抖若筛糠。

"我这还有些散碎银两，大侠你尽管拿去！"胖掌柜连忙从抽屉中取出一些银子，冲过来就要塞给沈无眠。

"砰！"

沈无眠狠狠一个肘击，将胖掌柜的脸直接抵在墙上："你信不信，一个呼吸的工夫，我就能让你的脑袋开花？"

胖掌柜大口喘着粗气："大侠，你到底想要做什么呀？"

"三天前，有个小乞丐偷了你的包子，与他一起的还有个绝美的女子……"沈无眠话音未落，已经被胖掌柜打断。

"大侠，那天是我手贱，不小心误伤了姑娘，以后再想吃肉包子，尽管来拿尽管来拿呀！"胖掌柜连忙解释。

沈无眠手上猛一用力，直压的胖掌柜大声呼喊："哎呦呦，轻点轻点！"

"我问你，最后扛走那姑娘的两名刀客，你可知道他们的底细？"沈无眠边用力边质问道。

胖掌柜疼得连眼泪都快挤出来了："大侠，我怎么可能会知道呢？不然我也不至于挨揍呀！"

"很好，你没机会了。"沈无眠猛地一发力，眨眼间胖掌柜的口中已渗出斑斑血渍。

胖掌柜连忙高呼："大侠，我说我说！"

"恭喜你，你的命又暂时回到了你自己手里。"沈无眠恶狠狠地盯着胖掌柜。

胖掌柜边喘气边口齿不清地说道："我本来也想报仇，可一打听，我江湖上的朋友说那两名刀客来自……"

"来自哪？"沈无眠手上又添了一份力，胖掌柜直喊："神刀门！他们是神刀门的人！"

沈无眠手掌一松，怔在原地："神刀门？风雪崖？也好，我们新仇老账一起算。"

冤有头债有主，你我果然冤家路窄。

据说，当晚那家包子铺掌柜被一神秘人打得满脸是血，不成人形。

早晨，旭日东升。

河边漫起一片轻柔的雾霭，山峦被涂抹上一层柔和的乳白色，白皑皑的雾色把一切渲染得朦胧而迷幻。

莫问峰上，依旧是那般风轻云淡。

卧龙生盘膝坐在玉团之上，他怀中搂着那一袭红衣的侍女长歌，两人深情注视，极为妩媚。

"长歌，你还是这么美。"卧龙生上下其手，口中含糊不清地说着。

长歌也极为受用，将一袭红衣渐渐脱下，粉嫩白皙的天鹅颈缓缓露了出来，媚眼如丝，咬唇看着眼前那文质彬彬，年轻俊俏模样的卧龙生。

卧龙生收养长歌时，她还不过是个女婴，这么多年过去，长歌已出落成绝色佳人，可卧龙生却依旧是这般俊俏的模样，仿佛时间在他的脸上留不下丝毫痕迹。

长歌很喜欢这时候的主人，平日里过分精明的卧龙生在搂着自己的时候，却是那般温柔，而且总会露出些冲动的神色。

"嘶……"

长歌突然吃痛，深吸了一口凉气，因为卧龙生已经将她紧紧搂在怀中，而卧龙的唇早已贴在了自己身上。

"长歌，你的血真甜。"卧龙生双眼中带着一丝痴狂，他的唇角已经渗出了点点血渍，他正在不停吸吮着长歌脖颈上的鲜甜血液。

很难想象饱读圣贤书而且为人如此文静的卧龙生竟会去吸食人血，殷红的鲜血顺着舌尖流入体内，甚至能够看清他脸上的青色血管。

"主人喜欢，那便多饮一些。"长歌咬唇坚持着，脖子上早已因为麻木没了痛觉，因为她早已习惯。卧龙生在她眼中就似是一位天上的仙君，不仅青春永驻，而且无欲无求，似乎这世间上根本没有什么事能够引起他的兴趣。

但后来长歌才知道，原来卧龙生终究也只是人，他也有自己的执念。卧龙生每隔七日，便一定要饮女子的鲜血，否则就会头痛欲裂。长歌全身上下咬痕无数，都是卧龙生留下的。

一炷香后，卧龙生终于很满意地抬起了头，用手背擦拭着嘴角的斑斑血渍。

"醒握天下事，醉卧美人膝，当真快活！"卧龙生似是享受地舔了舔嘴角的鲜血，很满意地哈哈笑道。

长歌见状却更加妩媚，失血变白的小脸凑到卧龙生怀中："主人，最快活的您还没试过呢。"

言罢，长歌便紧紧地贴在卧龙生从怀中，一双纤细如玉的手也缓缓搭到了卧龙生胸前，就欲脱下他的衣物。

"哼！"

卧龙生冷哼一声，汹涌的内劲直接将长歌震翻到床下，双眼中尽是冷意。

"我早说过，不许你这样！"卧龙生盯着长歌，一字一顿地开口道。

长歌双目含泪地可怜道："主人，长歌自小便跟了您，难道我的心意您还不明白？"

"时机未到！"

卧龙生整了整衣物，叹了一声，转身离去。眉宇间尽是沧桑与无奈，那是孤独与贪婪融合的神情，谁也猜不到卧龙生究竟还想要什么。

　　长歌在卧龙生身边已经服侍了十几年，但却从未真正与卧龙生有过男欢女乐之事。甚至她都根本没有见过卧龙生脸蛋以下的皮肤，就连在山谷沐浴之时，卧龙生都会让长歌离开。

　　"我到底是做错了什么……"长歌失神趴在地上，双眼盯着卧龙生的背影慢慢远去。

　　纯粹的黑色，渐渐布满天空，无数的星似剑般挣破夜幕探出来，清冷的潮气在空气中慢慢地浸润，天地间扩散出浓浓的杀意。

　　一柄雪亮的剑光在漆黑的夜里起起落落，沈无眠自高墙的飞檐间疾走，他已两天未合眼。素水心被神刀门抓走的消息让他心如刀绞，同时他对风雪崖的恨也已到了极致。

　　"说，风雪崖在哪？"沈无眠秋水剑指着一名神刀门的巡逻弟子，冷厉发问。

　　巡逻弟子双腿抖若筛糠："门主他常居惊龙阁，大侠请你放过我……"

　　未等巡逻弟子说完，沈无眠已经一剑递了出去，他对这先是杀了自己父母，又绑走素水心的门派，实在提不起好感。

　　沈无眠决心报仇后，他的剑就从未留情过，他只信好人，而最好的人，往往都是死人。

　　"惊龙阁……"沈无眠发足狂奔，避开了神刀门的主道，只是几个跃起，已经掠到了神刀门深处。

　　夜很深，也很静。

　　沈无眠甚至觉得安静得过分，连神刀门最外围都有巡逻弟子,惊龙阁这核心地之地,又怎会没有部署?

沈无眠静静地蹲伏在房瓦上,潜藏在那漫天的黑暗之中,他绝不能失手,他的机会只有一次。

只有掌握了风雪崖的命,他才能够将素水心救出来,否则偌大的神刀门,他又怎么寻到这一名女子?

况且他早已想要了风雪崖的命!

约一盏茶的工夫,沈无眠突然见到眼前一花,前面那本来空无一人的小径猛地蹿出四名黑衣刀客,几人互相点点头,接着又再度消失,仿佛鬼魅。

"果然布有暗卫!"

沈无眠嘴角撇起一抹弧度,上身不动,只听得一声弱似蚊鸣的"砰"声响起。沈无眠已是身形急拔,一个掠身便伏身跃到了对面的屋檐上。

沈无眠脚尖刚刚着地,身子猛地一缩,又一次隐逸在了黑暗之中,整个过程行云流水,毫无半点迟疑。

没有引起暗卫们的注意,沈无眠这才缓缓地呼了一口体内的浊气,冷眼看着先前那条空无一人的小径。

片刻后,沈无眠出手了,目标正是那小径中点亮漆黑的火盆,只听"飕!"的破风声轻响,一颗小石子猛地冲过,那火盆中原本活跃跳动着的火苗,应声而灭。

"飕飕飕飕!"

倏地,四名暗卫几乎是同时出现,宽脊大刀早已出鞘,各自寻声找去。

四名黑衣警惕地朝着那灯盏围去,并将周围彻查,但搜了许久,却都没有发现问题。

"老大,没有发现踪迹。"四名暗卫凑在一起商量着。

"会不会是声东击西?"东侧的暗卫瞧着几人,沉吟了半晌。

站在中间的黑衣刀客轻轻笑了笑:"即便是声东击西,那又如何?门主他老人家神功盖世,我们这些暗卫也不过是个传信的罢了。"

"也对,神刀门本就不需要护卫。"另外几名暗卫闻言也是随声附和,心中暗暗点头。

当中的黑衣刀客从怀中取出火折子,再次将火盆点亮,几人也就散开了,但却始终没有人注意到那火盆旁掉落的一颗小石子。

而沈无眠本人,早就借着刚才的动静蹿了进去,映入眼帘的是一个不算恢宏阔丽的院子,这院内本栽着不少植物,但都已经尽数枯萎。院子内摆着五口锈迹斑斑的盘龙铜鼎,丈许见方的白玉石阶足有九级之高,象征着院中之人乃是九五之尊。

而院子最深处,则是矗立着那座高耸入云的楼台,两条栩栩如生的五爪金龙自两根白玉石柱盘旋而上,正门中央高挂一块金漆做的梨花木匾——惊龙阁!

沈无眠手持秋水剑直直地站在院子中央,并不是他不想隐蔽,而是他脚尖刚一落地,泰山压顶板的汹涌气势就已经盯上了他。

沈无眠没有动,他在等。双目直视惊龙阁的大门,眼中毫无惧色。

"吱……"

惊龙阁的大门缓缓打开,沈无眠赶忙打眼瞧去,他是第一次亲眼见到这位武林盟主。只觉得气宇轩昂,霸气侧漏,风雪崖身着一袭锦衣,鬓发如云,右手拿着一柄妖异的刀,上面雕刻着朵朵红花。

当沈无眠看到那柄刀时,手中的秋水剑似都通灵般地铮鸣起来。

好刀!红尘刀!绝世宝刀!

沈无眠盯着风雪崖,风雪崖也颇有意味地看着他,两人都似乎想从对方脸上看出些什么。

"好凌厉的杀气。"风雪崖瞧着,上前迈了一步,缓缓下了台阶。

沈无眠胸口有些发闷,他在此刻才知道自己与风雪崖的差距,依旧有着不可逾越的鸿沟。

"腥风剑客?"风雪崖静静打量着眼前的年轻剑客,他的目光掺杂无数复杂的神情。

沈无眠心中一惊,他与风雪崖的仇恨除了自己应该无人知晓,可竟在一瞬间认出自己,难道他一直都知道?

风雪崖似乎是瞧出了沈无眠眼中的惊讶,这才缓缓笑道:"杀气如此凌厉,又能在我面前毫无惧色,除了水心口中的腥风剑客外,我还尚想不到第二个人。"

风雪崖的语速很慢,他这句话中甚至已经挑明了关系,他俨然已是当作老丈人的身份来面对沈无眠的。但沈无眠又哪里知道这层关系,听到素水心果然见过风雪崖,不禁心中大乱。

"风雪崖,你堂堂武林盟主,竟为难女流之辈,当真无耻之极！"沈无眠心中动怒,手腕一抖挺剑刺出!

神刀门外,两名守山弟子昏昏欲睡。

突然一阵紧锣密鼓的马蹄声自山门外滚滚传来,几乎是瞬间便惊醒的两名弟子。

"来者何人?"守山弟子大喝一声,腰间挂着的刀已攥在了手中。话音落下,却未得响应,那马蹄声越来越近,眼瞧已要入山门。

守山弟子从怀中掏出一个火折子,就欲点燃门口的狼烟草,就在此时那马队已到了眼前,那是十几匹黑马,马鬃上皆绑着铜箍,那是神刀门马队的标志。

"是大小姐回来了!"守山弟子见到一马当先的素衣女子,惊呼一声屈膝下跪。

神刀门的大小姐,自然是素水心无疑。

三日前,素水心辞别了父亲,要去洛阳城的破庙中继续等候沈无眠,但风雪崖怕她出事,于是派了神刀门弟子跟随。

当素水心快马加鞭赶赴洛阳的破庙时,只有小乞丐虎子留在那里,沈无眠也的确来找过自己,他没有食言。素水心正兴奋时,却听到了包子铺老板挨打的故事,这才想到沈无眠一定是去了神刀门找自己,于是快马加鞭赶回来。

"无眠你会在神刀门吗?"素水心一骑快马当先,凤目之中满含柔情。

事实上,沈无眠已经来了。

"锵!"

秋水剑铮鸣一声,沈无眠的身影已经消失在了原地,眨眼间那柄剑已经自风雪崖的后心处刺去。

红光一闪，映起片片刀光自半空中直劈而下，沈无眠的剑的确很快，但风雪崖更快，而且更猛！红尘刀刃钻劈出，只是一刀就已将沈无眠逼了回去。

沈无眠抽身便退，脚下倒转七星，身子自半空猛地一扭，手中秋水剑脱手而出，朝着风雪崖刺去！

"华山剑法？"风雪崖瞧见，只觉得这剑法有些眼熟，也不及多想，红尘刀迎风而上，将秋水剑击了回去。

"唰唰唰！"

沈无眠自半空中一把攥住被击飞的秋水剑，接着再度返身杀了回来，秋水剑带起点点光影，七七四十九剑迎风挥洒而出，剑意如流水。

"好快的剑！"风雪崖眼中一亮，手中红尘刀大开大合，与那漫天剑影斗作一团。不论内功，两人都已是武道高手，而沈无眠招式变幻间竟然还隐隐占了上风。

风雪崖越打心中越惊，他一生修为强横在于内功，但为了试试女儿口中这个男人的本事，他只用了刀法相拼。但即便如此，他千锤百炼，冠绝武林的红尘刀法，此刻竟被沈无眠压了一头。

"雨落云飞！"沈无眠轻叱一声，手中剑锋猛起，带着阵阵破风声狠狠地朝着风雪崖胸膛扎去。

"叮叮叮！"

风雪崖瞧出这一剑的厉害，也不敢托大，握刀的右手顿时加了几分力，且退且挡，转眼已换了七八剑。

两人刀光剑影纷错，直杀得天昏地暗，火花四溅。

风雪崖猛地一刀探出，刀身几乎是擦着沈无眠的脖子划过的，沈无眠抽身而退，有些狼狈地持剑立着。

"你的剑很快！"风雪崖有些欣慰地赞道。

沈无眠听在耳里，只觉得更加嘲讽，杀父仇人的夸赞，令他心如刀绞。

"尚有一剑！"沈无眠一双眸子已经充血，缓缓举起秋水剑，这一刹那整个人的气势都变了。那是仿佛从地狱归来的修罗，透露着滔天怒意以及漫天血色。

"你我先前有旧？"风雪崖微微有些变色，他不明白为何腥风剑客对自己有如此大的杀意。

"你我早已不共戴天！"沈无眠双目绽放寒光，他此刻心里更多是担心素水心的安危。

"你以为我不敢杀你？我只是怕水心痛苦。"风雪崖眉头紧蹙，汹涌的内力自体内沸腾起来，握着红尘刀的手又紧了几分。

"将我的水心还给我！"沈无眠几乎发狂地怒吼。

两人都已将气势提到了极致，就连惊龙阁四周火盆里的火苗都被这凌厉杀气压得跳跃不定，随风飘摇着。

沈无眠手持秋水剑，一袭白衣格外耀眼，长发自风中飞扬。

"风雷逐月！"沈无眠怒啸一声，秋水剑卷起满天星河剑影万千，奔雷般猛刺而出。

苍白的月，雪亮的剑。

剑气冲霄，这已是沈无眠最炉火纯青的一剑。

风雪崖双眼几乎同时亮了起来,手中的红尘刀激起万丈红光,面对这绝杀一剑,他已不能留手。

眨眼间刀剑相交,那已是最直接的碰撞。沈无眠内力井喷而出,疯狂地向风雪崖掩杀而去。

"你内力不纯,毫无胜算。"风雪崖微微一笑,提着红尘刀的右手第一次激起内劲,浑厚的内力催发之下,对峙之中稳占上风。

沈无眠强一分,风雪崖便更强一分,死死压着他但却又不伤他。除了沈无眠是素水心的心上人外,也有一份来自风雪崖的爱才之心。

"杀!"沈无眠手中的剑锋再变,攻敌所必救,剑法挥洒之间早已不顾自身安危。

风雪崖手中红尘刀左挡右劈,额头已然见汗,沈无眠拼命般的攻势让他也难以应付起来。

两人见招拆招换了几十招,风雪崖越打越惊,沈无眠前前后后共用了十数个剑派的精妙剑招,但他年纪却不过二十出头,这绝对是万里挑一的天纵奇才。

倏地,沈无眠的快剑竟从刀影中找出了缝隙,猛地刺到了风雪崖眼前。

"砰!"

生死关头,风雪崖再不敢留手,汹涌浑厚的内劲自体内澎湃而出,瞬间将沈无眠连人带剑击退丈远。

"腥风剑客,你剑法的确很精妙,若不是年纪尚小内功不如老夫,今日我必死在你的剑下。"风雪崖看着手中的红尘刀,这才看着沈无眠认真地道。

沈无眠嘴角已有鲜血渗了出来,连退了三步才稳住身形,握剑的虎口一阵酸痛。

"少假惺惺的,今日你必死!"沈无眠擦拭着嘴角的鲜血,眼中尽是凶狠之色。

风雪崖闻言心中疑惑更重,且不说女儿素水心的缘故,便是自己与他,也是初次见面。甚至自己还在风云大会上,默许他当上天下第一剑,他又何必恨自己?

"腥风剑客,你年纪轻轻就有如此剑法,一人一剑便敢独闯我神刀门老夫的确佩服,可你这般想要取我人头,总得有个说法?"风雪崖盯着沈无眠,面色凝重。

沈无眠嗜血地笑了笑:"说法?好,我今日就让你死个明白,你可知我姓甚名谁?"

风雪崖闻言愣住,回想起刚才沈无眠的剑招,也曾觉得眼熟,但却一时间想不起来究竟在哪见过。

"我姓沈,取名无眠,因为我不想再做那个噩梦,那个你带给我的噩梦。"沈无眠冷冷地盯得风雪崖,眼神仿佛欲要噬人。

"沈无眠?"风雪崖眼神一凝,嘴中念叨着。

"你是否记得这一剑!"沈无眠见状,手腕一抖,秋水剑轻轻自空气中挽了朵剑花,出剑很快,毫无痕迹可寻。

风雪崖身子一震,双目中尽是不可思议,惊呼道:"无痕剑法,你是关中大侠沈凌风的后代?你竟然还活着?难怪你杀了江南四大贼王?难怪你要来找老夫索命?"

"不错,想不到吧?十三年前你带着江南四大贼王灭我沈家时,却没留意我这个死里逃生的孩子。"沈无眠说着,心头更怒。

"事情不是你想的那样。"风雪崖瞠目结舌,显然沈无眠的出现让他十分震惊。

"不是?哼,证据在此,你与江南四大贼王早有勾当!"沈无眠不屑冷哼一声,从怀中掏出了当日从血屠身上掏出的羊皮信纸。

"风老大,我们兄弟四人多年供你驱策,如今您已是武林盟主一统江湖,我们兄弟四人常在江南盘踞,远水不解近渴,还望您准许我们四人金盆洗手,过一过逍遥生活。——血屠。"

细小的字迹此刻看在两人眼中都是那么的刺眼,风雪崖面如死灰,低下了一直高傲的头颅。

"当年的确是我的一时冲动,以为沈大侠武功卓绝,足以灭杀江南四大贼王,可没想到竟铸成大错……"风雪崖眼神黯然下来。

沈无眠闻言手中秋水剑猛地一指,怒道:"铁证如山,你还在狡辩!"

"不,我说的乃是事实。当年我想统一武林,但南方又并无人手,于是便拉拢了江南四大贼王。后来他们在江南有了地位,便想借隐居为名,脱离我的掌控,那可是近千山贼,若是我放过他们,江南的百姓便会遭殃。"风雪崖摇了摇头,越说脸色越苍白,似乎这个话题对他而言很是沉重。

沈无眠的面色依旧铁青,盯着风雪崖示意他继续讲。

"唉……当年的确是老夫太过懦弱,不愿自己出手清理门户,怕有违天理。于是我就吩咐他们四人再帮我办最后一件事,去杀当时名头最旺的关中大侠沈凌风。"风雪崖不敢直视沈无眠,只是自顾自地娓娓道来。

"我本以为沈大侠剑法独步江湖,武功卓绝定能借机灭了这四大恶人,没想到……唉!痛哉哀哉!终究是老夫一时糊涂办错了事!"风雪崖语气中充满了懊悔与内疚,一个劲地摇头悔不当初。

沈无眠这番话说得真情实感,大义凛然,甚至就连沈无眠手中的秋水剑都不禁松了几分。

他的脑中又想起了当年在半山腰看到的那一幕,一名全身黑衣头戴斗笠的神秘人,用一柄漆黑细长的单刀砍下了焦铜卫血淋淋的头颅。

"不对,我当年可是亲眼看见你斩下我焦三叔的头颅!"沈无眠猛地抬头,怒叱道。

风雪崖闻言一愣:"焦三叔?可是当年沈大侠的好友,铜皮铁骨焦三爷?原来他当日也在?我说江湖中怎么再无他的传闻。"

"血债血偿,无耻老贼你还在装傻!"沈无眠尽力平息着自己的怒火,他在调息运功。

"不可能!当日我正在中原商讨五岳剑派结盟之事,天下群雄皆可为证!又怎会在同一天身居千里之外,让你亲眼所见?"风雪崖急忙辩解道。

"还在狡辩,江南四大贼王已尽数死于我手,他们那般三脚猫的功夫,怎么可能杀得了我父亲还有我焦三叔?"沈无眠依旧不依不饶,但却也有他的道理。

风雪崖还欲再讲，话到嘴边，却只换来了一句叹息："罢了……终究是老夫错在先，如若我这颗项上人头能让你平息怒火，请吧！"

风雪崖双目微闭，红尘刀已被他收入鞘中，一副大义赴死的模样。他这人天生便是霸王之气，对就是对，错就是错，一时间就连沈无眠也无法确认是否该刺这一剑。

"怪就怪你当初罪孽深重，我便给你个痛快！"沈无眠咬牙上前，抬手一剑便朝着风雪崖眉心刺去。

"剑下留人！"

兀地，一声宛若夜莺的女子呼声响起，沈无眠与风雪崖几乎同时间寻声望去。

素水心双目含泪，跌跌撞撞地冲了过来。

"水心！"沈无眠瞬间放下剑，与素水心抱在了一起。

素水心钻进沈无眠的怀中，只觉得一片温暖，最近发生了这么多的事，她早已有些支持不住。

沈无眠抚了抚她的秀发，这才不忍地推开："水心，待我报了杀父之仇，我便带你去隐居山野，过仙眷生活。"

言罢，秋水剑就再次刺向了风雪崖。

风雪崖望着飞来的剑，叹了一声，不舍地望了望素水心，心中有些不忍，却面对这一剑，他最终闭上了双眼，没有去躲。

"噗！"

秋水剑猛地刺入，鲜血雾一般喷洒。

"不！水心你这是做什么？"沈无眠疯狂地冲向风雪崖，口中愤怒地咆哮着。

风雪崖闻言缓缓睁眼,却看到了割心般的残忍一幕。

素水心那一袭碧衣此刻已被血染红了大半,脸色苍白,她望着沈无眠的眼中充满了绝望。

"为什么?为什么!"沈无眠发了狂一般,用手掌狠狠地抵在那伤口上,但那鲜血已如泉涌般流了出来。

素水心憔悴地笑了笑,纤纤玉手摸着沈无眠棱角分明的脸庞,温柔道:"他是我的父亲,尽管他没养过我,但我身上毕竟流着他的血。"

"呛啷!"

秋水剑掉落在地,沈无眠只觉得天旋地转,自己的杀父仇人竟是素水心的生父?

人世间最痛苦的事莫过于最爱之人死于非命,而对于沈无眠来说,无论是否有意,素水心终究还是伤在他的剑下。

风雪崖怆然失神,跪倒在地扬天长啸:"苍天,是我风某作了孽,你又何苦惩罚我的女儿!"

沈无眠跪倒在地,抱着素水心,看着那被鲜血染红的半身,他的心在滴血。

"别哭,来世我还做你的女人。"素水心已痛地说不出太多话,她抬起的手也缓缓无力起来。

沈无眠眼中已哭出了点点血珠,可见伤心至极,他将素水心抱在怀中,右手捡起地上的秋水剑,仰望星空,就欲割喉自刎而死。

"锵!"

兀地，一道无形的指风劲气将秋水剑猛地击落在地，紧接着一名邋遢的老道士就自高墙上跃了下来。

"师傅！"沈无眠心中一喜，显然没想到师傅竟会从剑冢而来，旋即看到怀中的素水心，他的目光又黯然下来。

风雪崖闻言，也在一旁悄悄打量着这位腥风剑客的师傅。

"你这小家伙，看不出还挺痴情的。"老道士笑了笑，走过来将手指搭在了素水心的手腕上。

不消片刻，素水心只觉得心头一暖，浑身热了起来，似乎恢复了一些力气。

"咳咳……"素水心努力睁开昏昏欲睡的双目。

沈无眠见状大喜，连忙唤她名字："水心，你好些了吗？"

素水心只觉得心头袭来一阵倦意，微微点头，却也说不出多余的话来。

风雪崖连忙上前把脉，竟然已稳固了不少，再看向那老道士时，双目中尽是震惊之色："这可是浩然神功？"

邋遢老道士闻言，看了看风雪崖："你倒是有点见识。"

风雪崖赶忙抱拳恭敬道："原来您就是当年名噪江湖的六阳医仙！"

老道士闻言却只是将头点了点，便不再理会。

六阳医仙！

沈无眠心中狂喜，就仿佛抓住了最后一根救命稻草。怪不得当日的惊龙客他并未听过，原来师傅真正的身份是六阳医仙。

六阳医仙早已成为历史，也同样是江湖神医无法逾越的传奇，那是依靠精纯内力而得来的医术。

其实六阳医仙治活的人并不多，一只手都数得过来。但只要六阳医仙出手，那些本已要长眠之人，却无一例外都活了下来。

后来六阳医仙退隐江湖，天下群雄皆觉遗憾，这等夺天造化的妙手回春之术，实在恐怖！

沈无眠万万没想到，自己这邋遢的师傅竟然就是当年的六阳医仙，眼瞧素水心这般模样，只觉得心如刀绞，急切地看着老道士："师傅，求求你，救救水心吧。"

"我不救，这女娃子可是风雪崖的女儿，你难道忘了你的杀父之仇？"老道士闻言噘了噘嘴，取出酒葫芦大口饮着。

沈无眠早已慌了："师傅，徒儿求求您救救水心吧，究其根本是她爹做错了事，与她何干？"

风雪崖这时走了过来，面色为难，双拳已攥得发白。

老道士却依旧摇摇头，不停地饮着酒。

沈无眠跪倒在地，抱着老道士的腿："师傅，求求您老人家救救她吧，徒儿这一生再无所求，从此便与您归隐山林，沏茶端水，让您享受天伦之乐。"

老道士看着沈无眠，这才开口："你当真放下了？"

沈无眠又回头看了一眼素水心憔悴的容颜，咬牙道："放下了！什么杀父之仇，不过都是一个念想。徒儿再也不想报仇了，只求师傅能大发慈悲，救救水心。"

老道士闻言，沉吟了半晌，似乎做了什么重大的决定，一口将酒葫芦饮尽，转身便向惊龙阁内走去："小家伙，不想你的心上人死，就将她抱进来吧。"

风雪崖身子一震，赶忙开口道："前辈，你当真要医治小女？"

"你要谢便谢谢这小家伙，否则老夫可不会救你的宝贝女儿。"老道士转身离去，背影在灯光下越拉越远。

"风雪崖，谢过前辈大恩！"

风雪崖微微点头，猛地跪了下来，他这一生皆是霸王道路，死也不肯低头，但今日终究还是为了女儿放下骄傲。

正在焦急中的沈无眠没有去想为何风雪崖会为此一跪，他抱着素水心便朝惊龙阁内走去。

第九章

利刃归鞘

埋骨何须桑梓地,
利刃归鞘隐伤疤。
慈心妙手今犹在,
人间何处不开花?

次日，天刚破晓。

沈无眠已在惊龙阁外等了一宿，从未合眼。

风雪崖则坐在一边，他仿佛一夜间苍老了许多，两鬓如雪如云的长发似乎瞬间丢失了光泽，脸上的皱纹也似被刀斧劈过般那么深。

尽管江湖上盛传六阳神医的艺术通玄，但轮到自己身上时，终究是看不开的。

"吱……"

那扇闭了一夜的门终于打开了，沈无眠与风雪崖两人几乎同时闯了进去。

素水心平躺在案上，她本苍白如纸的脸色已经红润了许多，口鼻间若隐若现已有了些许生机，六阳医仙果然名不虚传。

而老道士却盘膝坐在窗边，背对着大门。

"师傅，怎么样了？"沈无眠焦急地问了一句。

老道士轻轻点了点头："小家伙，你的心上人回来了。"

"感谢前辈大恩！"风雪崖长叹一声，当即跪倒在地，冲着老道士的背影哐哐哐直磕了三个响头，甚至连额头都磕出了血渍。

沈无眠刚欲道谢，却被老道士打断了："风雪崖盟主，老朽有一事相求。"

风雪崖闻言一愣，接着忙应道："前辈尽管吩咐，纵是千件百件，我也做！"

老道士声音已经有些飘忽："老朽只是想借这间惊龙阁，还望盟主能带令爱先行离开。"

风雪崖身子一震，看向老道士的目光变得更加惋惜："难道那个传说是真的？"

老道士似是自嘲地笑了笑："你我皆凡人，这天地间又哪里会有仙法？有得必有失罢了，我时间不多了，还望盟主快快离开吧。"

风雪崖沉吟了半晌，再不犹豫，缓缓上前抱起了素水心，转身离去将门闭上。

"师傅，你怎么讲话突然文绉绉起来了。"沈无眠见到素水心安好，脸上已挂上笑容，走到老道士身前。

老道士这才缓缓转过身来，只是一眼，已让沈无眠触目惊心。昨日还神采奕奕仿佛老顽童般的师傅，此刻竟然白须白发，就连脸上的皮肤都仿佛枯木一般。

"师傅，你这是怎么了？"沈无眠只觉得心中刺痛，赶忙问道。

"无妨，救人改寿，本就有违天理，那女子既然想多活二十年，我就得少活二十年。"老道士勉强笑了笑，但此刻实在不好看，往日的疯癫性子似乎也已被尽数磨平。

沈无眠得知这消息，心中宛若晴空霹雳，与老道士相识的一幕幕在脑海中迅速闪过。他们师徒相见后，先是指点剑法，后是求神兵宝剑,现在又因为素水心让老道士寿元耗尽。沈无眠越想越内疚,眼圈又红了起来。

"师傅,是徒儿对不起您。"沈无眠望着老道士仿如枯木般的脸庞,不忍地开口道。

老道士微不可查地点了点头,这才招招手吩咐道:"小家伙,你且盘膝坐下。"

沈无眠闻言,不假思索盘膝坐下,哪知刚一落座,老道士一掌便狠狠地拍在自己的左肩。

"噗!"

口中鲜血喷出,溅了满地。

还未等沈无眠反应,那只贴在自己左肩的已经缓缓散发出腾腾白烟,一股暖流顺着掌心涌入体内。

"抱元归一,力聚筋骨,气存谭海,内敛丹田。"老道士沙哑的声音自沈无眠耳畔响起。

沈无眠闻言,深吐一口气,双手缓缓自腹部提起,猛地又吸入一口气,旋即再次进行压制,直至丹田。

"砰!"

又是一掌,老道士的双掌齐出,狠狠地印在了沈无眠的胸膛上。旋即,掌心内仿佛有旋涡一般,汹涌的内力自内勃发,强横的内力竟然将空气都烤得泛起淡淡涟漪。

风声撕裂间,沈无眠的胸膛上也有了白烟升腾,那仿佛是最暖的气流,让人不觉间非常舒适。

"师傅,这是……"沈无眠下意识采气,同时疑惑发问道。

"小家伙，你乖乖别动。老朽自知已经时日无多，今日就将一身功力尽传于你，你剑法早已精妙无比，如今配上精纯的内力，足以横行武林。"老道士沙哑的声音再次响起，但这句话中却充满了波动，和经久事故的沧桑。

"不，师傅，这万万不可！"沈无眠大惊，身子一震，就欲震开老道士传功的手掌。

"小家伙，为师内力已经散去，是让它白白在空中消散，还是让它送你场造化让你守护所爱之人，你自己选吧。"老道士的声音充满了威严，似乎他此刻已再度成了昔日的六阳医仙。

沈无眠心头一乱，他此刻才明白为何老道士刚才突然出手传功，老道士知道自己肯定会拒绝。因为传功者待一身内力散去，便绝无活命的道理。

"师傅，您为什么这么傻，我们本可以找人医治您。"沈无眠双目含泪，咬着牙忍着泪水。

老道士哈哈一笑："为师便是天下间最好的神医，油尽灯枯的身体又哪有医治之法？为师开始了，你将内力尽量吸收！"

沈无眠闻言，只得咬牙点头，手中掐个法诀，丹田中的内力继续淬炼起来。

"气存谭海，内敛丹田，气存谭海，内敛丹田……"沈无眠口中不断地喃喃道，额头冷汗不断，想要化解六阳医仙数十年的深厚内力何等艰难。

沈无眠体内已经负荷不下了，内力灌满了他的四肢百骸。此时的他，就如同一个盛满水的容器，摇摇晃晃不断压缩着水气，而老道士的数十年内力,才传了六成。

其实沈无眠已经算根骨奇佳,虽然年纪小但却已经经历过无数次生死,破而后立。因此他的身体素质却绝非一般武人可比,这才化解了大半的内力。

"噗!"

半晌后,沈无眠再撑不住,一口鲜血自口中喷了出来,体内暴动的内力已经让他有些捉襟见肘。

"唉,罢了,看来这一部分的内力就要白白散去了。"老道士见状黯然叹息一声,接着就欲收手。

"师傅,我可以!"沈无眠一咬牙,狠狠地说道。

"小家伙,不要勉强,你的功力如今已是一流,可莫要因为一时贪念毁了经脉。"老道士看着沈无眠,细心劝道。

"师傅尽管传功便是!"沈无眠倔强道。

"小家伙,可是你的体内显然已经……"老道士闻言惊讶,诧异地看着沈无眠。

"放心吧,师傅,我可以试试,如若不成,大不了我散功就是了,不会有问题的!"沈无眠再次肯定地说道。

"好,小家伙,既然你想搏一搏,为师便支持你!但你一定要切记,不可贪功,如若不成,速速散功!"沈无眠点了点头,吩咐道,旋即大手一挥,将内力化作的渺渺青烟吸了过来,以自己的身躯为媒介,以搭在沈无眠胸膛的手臂为桥梁,缓缓将内力踱了过去。

"啊!"压力顿增,沈无眠不禁大吼一声,眼中布满血丝狰狞，身上青筋暴起，如同一只受惊雄狮，疯狂地怒吼着。

"该死，该死，给我压下去，压下去啊啊啊啊！"沈无眠大吼着，浑身痉挛着，将所有传来的内力疯狂地压缩，然后输送到丹田之中。

沈无眠全身都是黏黏的汗液，满脸的狰狞，或是因为内力将体内撑满的原因，血液附在皮肤表皮上，此时的沈无眠看上去就如同一个血人。

"该死，丹田快要撑爆了，怎么会如此强横！"沈无眠心头一惊，眉头紧蹙。

"小家伙，有时内力淬骨也是不错的。"老道士看出了他的窘态，开口传音指点道。

"谢师傅指点！"沈无眠恍然大悟，暗骂自己太傻，赶忙运起内力向自身的骨骼筋脉汹涌而去。

其实，也怨不得他傻，以内力淬骨，这放在江湖上简直是天大的笑话。要知道，内功修为才是最难得的，那是一个武者的本源，平日谁会白白消耗内力来淬炼筋骨？

何况筋骨要以内力淬炼需要的量可谓是无穷无尽的，也就是沈无眠此刻贪上了老道士这么一个内劲高手的传功，否则的话，他想以内力淬骨，简直就如同痴人说梦。

"呼……"

沈无眠舒服地轻啸一声，内力淬骨就如同全身泡在温泉水中，那种肌肉饱满感，让他觉得无不快乐，这种堪称奢侈的享受，整个江湖恐怕也只有沈无眠可享了。

淡淡的青烟渺渺蒸迹着，沈无眠面色红润，肤似温玉一般稳稳打坐在地上，一动也不动，时光飞逝而去。

秦岭北麓，藏剑庐中。

甲子等六名剑奴躬身等待着，而漫天萧瑟的藏剑庐中，缓缓走出了那名长相平庸的男子，手持一柄竹剑，正是剑主。

"主人！"六名剑奴一齐躬身。

剑主点了点头，迈步而出，没人知道他要去哪里，也没人知道他为什么隐居了如此之久却突然要离开藏剑庐。

江湖上关于他的传说越来越少，似乎他也已有些寂寞。

黎明，露珠剔透，烈日似火，大地像蒸笼一样，热得使人喘不过气来。

"水……"

沈无眠睁开虚弱的双眼，下意识地呼喊着。他的话音还未落下，一碗清冽可口的泉水便已凑到了他的嘴边。

"沈郎，你醒啦？"素水心夜莺般的声音依旧那般美妙。

沈无眠登时便清醒了，仔细注视着面前那张尚还有些虚弱的绝美脸庞，一把将她紧紧搂在怀里。

"水心，你身子也尚未恢复，怎么照顾起来我了？"沈无眠哽咽着问道。

素水心微微地笑了笑，同样紧紧抱着沈无眠："放心，爹已帮我把过脉了，只需要休息几日便好了。"

"太好了！"沈无眠仿佛吃了一颗定心丸，他如今再不想报仇那些繁琐之事，只希望能与素水心长相厮守。

"我从没想过你要杀的人是我爹。"素水心看着他满心欢喜的模样，有些内疚。

　　沈无眠见状一愣，看着素水心伤心的脸庞，莞尔一笑："其实，我早就该放下了，我现在只想与你在一起共度余生。"

　　素水心盯着他："可你不是一直想要报仇？"

　　"以前为仇恨活着的腥风剑客已经死了，现在我是为你而活的沈无眠。"沈无眠攥住她的纤纤玉手，动情道。

　　素水心感动得说不出话，两人历尽千帆，也总算都彼此放下。

　　"对了，师傅他老人家呢？"沈无眠此刻突然想起老道士，先前经历传功，他扛不住压力已经昏死过去，之后便不知人事。

　　素水心看了看沈无眠，有些磕绊道："医仙前辈，他老人家已经仙去了。"

　　"……"

　　沈无眠攥了攥拳头，他其实早已想到过这结局，纵然师傅是六阳医仙，但传功散力的下场终究只有死路一条。

　　"师傅他老人家走得很安详，想来沈郎你能够放下仇怨，他也很开心。"素水心善解人意地劝道。

　　沈无眠微微点头，撑着有些虚弱的身子在素水心的搀扶下，一步步向屋外走去，他要去见师傅最后一面。

　　正午，烈日高挂，似乎将云都烧得要蒸发掉一般。

　　刀出惊风雨，归鞘隐神锋。

　　天命何处改？无非此楼中。

　　恢宏庄严的神刀门，今日来了许多人，三教九流的门派，形形色色的侠客。但唯一不同的是,今日没有人再穿别的颜色,皆是一袭素衣,不苟言笑。

"百年黄沙埋忠骨,万古长青不老松"烫金的豪迈大字龙飞凤舞般雕刻在漆红色的粗壮房柱上,所有的四面八方皆是白玉墙面,大殿内摆放着上百盆白菊,而地板上则是铺满了铜钱,密密麻麻的无法估量。

神刀门,三个醒目的烫金大字刻在一柄擎天石剑雕刻上,那样耀眼。而就在这大殿中央的下方,则摆着一口玉石雕成的棺材,白须白发的六阳医仙静静地躺在当中,身上铺满了金银玉石以及白菊铜钱。

大殿内共燃着九九八十一盏长明灯,香烛无数,都有妙龄女子在旁日夜守候。而围绕着玉石棺材盘膝而坐的还有十数位和尚,那是特意从灵空山请来的高僧,皆是佛法深厚,有的边掐佛珠边念着佛经,有的瞧着木鱼请灵。

而坐在最中央的主持高僧在此刻缓缓闭气,双手结了弥陀定法印,口吐莲花:"南无阿弥多婆夜。哆他伽多夜。哆地夜他。所有冤亲债主,我已为你们皈依三宝,又颂阿弥陀佛圣号两千声,心经一遍,往生咒二十遍。望你们早日破迷开悟,明心开性,离苦得乐,往生西方极乐世界。"

风雪崖屹立在九十五阶白玉石铸成的阶梯之上,白发飞扬,如雪如云,穿着最简单的白袍装束,望着大殿当中密密麻麻的人,心中无限感慨。

今日这般作为,自然是因为六阳医仙,这等阵仗不可谓不大,风雪崖已尽所能。死有轻于鸿毛，或重于泰山，而为了救自己女儿素水心而去的六阳医仙，在风雪崖心中要比泰山还要重三分。

在风雪崖所处的白玉石阶梯之下，一共八列，每列五排，总共千余名身穿白衣的侠客皆是肃穆地站在堂内，看高僧做法。

每个人手捧一根红烛，轮流将其插在了六阳医仙的玉石棺材前，不多时的工夫，已围了近千根红烛，那仿佛是一朵在这乱世中盛开的莲花，那样清净无瑕。

看着眼前的阵势，风雪崖的心里也难免感叹，他一生坦荡，从不贪图便宜，但从某个方面来讲，自己父女已欠了沈无眠两条命。

"盟主，时辰已到。"

金衣刀客斩风将手中的红烛插在棺材上，接着缓缓走到风雪崖身下的几层台阶上，恭敬开口道。

风雪崖微微点了点头，示意开始。

"嘟嘟嘟……"

凄厉悲凉的号角声自大殿外响起，伴随着铜锣皮鼓声划破长空，鞭炮齐鸣，烧纸钱的滚滚白烟升腾而起，瞬间将天地染白。

所有的神刀门弟子同时直起了腰杆，十人一队分了开来，手中钢刀瞬间出鞘，自空中舞了个十字刀花，紧接着朝空中一抛，钢刀自半空螺旋兜了圈，紧接着笔直落下归回刀鞘当中，所有动作整齐划一，干脆利落。

当所有动作停止后，四周再度恢复鸦雀无声，只见风雪崖缓缓走前两步，朝着众人微微欠身示意。

"今日叫大家来的原因，想必诸位也已经清楚。六阳医仙与我风某有恩，可以说也因我而死，于是我今日召来天下群雄，为他办这场法事。"

"六阳医仙此生悬壶济世，他的妙手回春之术早已人尽皆知。"

"我神刀门今日设法，也是本着江湖侠仁，愿诸位都能效仿六阳神医，造福武林。"

风雪崖越说越大义凛然，将本是自己心中的情分提升到了福泽武林的高度，而且声泪俱下，就连来大殿中那些本没有听过六阳神医这位前辈的年轻侠客也都被感染了。

其实沈无眠和素水心早就来了，他们站在大殿最外层，遥遥地望着。风雪崖也发现了他们，看着自己女儿与爱人终于在一起，似是想说什么，却也没有开口。

整个过程约有大半个时辰，只瞧那最后一名盘膝做法的高僧也已起身后，风雪崖这才大手一挥："风雪崖代表江湖上下，恭送六阳神医！"

"恭送六阳神医！"

神刀门百名精英弟子同时应声，宝刀再次横空出鞘，依旧是那朵十字刀花，依旧整齐划一。

漫天的白菊飘洒，六阳神医的玉石棺材在十几名高僧簇拥下缓缓离开了大殿，每个人的心情都是无比沉重。

沈无眠搂着素水心在后排遥遥望着，潸然泪下。

他已经记不清那天到底来了多少人，也记不清自己是怎么回到房间的，他只知道，自己的师傅已经没了。

次日，旭日东升，微弱的光普照大地，万物都在此刻穿上了淡色的新衣。

神刀门的弟子都在搬运着一盆盆白菊，打扫着门派，无数的花瓣落了满地，显得格外凄清。

而惊龙阁那个院子中，三个人正依依惜别。

"爹，女儿一定会常来看您的。"素水心紧紧抱着风雪崖那魁梧健硕的身子。

沈无眠在一旁看着，他怀中抱着个三寸长宽的檀木盒子，里面装着的自然是六阳医仙的灰骸。

"好好好，爹永远在这等着素素。唉……沈少侠，不管你是否还记恨老夫，但请你好好照顾水心啊。"风雪崖抱着素水心，又转眼深深地看着沈无眠。

沈无眠一愣，看着素水心期待的目光，沉吟了半晌："爹……"

此话一出，素水心与风雪崖皆是面露喜色，心中压抑已久的大石终于落地。

"爹，您放心，我会常带水心回来的。"沈无眠看着两人的表情不禁莞尔一笑，坚定地回答道。

风雪崖有力的手掌按在沈无眠的肩头，老泪纵横道："好女婿，好女婿呀！"

沈无眠被激动的风雪崖不住地拍打着肩膀，很少能见到这位武林盟主如此失态，在一旁的素水心甚至笑出了声。

"天下无不散的宴席，你们既然决定隐居山野，为父也不便多言，只是哪天若是累了，记得回家。"风雪崖看着两人，此时此刻他才有一种身为父亲的感觉。

无论风雪崖多少不舍,素水心最终还是走了,骑在沈无眠的马背上,一路飞驰而下,眨眼就消失在路尽头。

江湖永远都是血雨腥风不断的,不会因为某位大侠归隐而结束,而近年来传闻最多的,便是突然冒出来的杀手组织——血杀楼。

这虽是个成立不久的组织,但江湖中却早有不少关于它们的传说。传闻血杀楼中不仅人数众多,而且都是使剑的好手,但他们的剑锋所指,无往不利。但说来奇怪,他们几乎每次行动的目标,都是神刀门所属。

软风轻拂,芊芊柳条摆动。

高山流水,涓涓溪流缓驰。

秦岭的景色很美,尤其是只是稍远些,便已听不到水声。低看着水花溅起的涟漪,远望着水流潺潺而去,举目望去,便会看到离这里不远处,一座青石庄院隐约可见。

朱门紧闭,两位身着蓝色锦衣的年轻人倚剑矗立在院堡门前,他们的脸上,挂着温婉和煦的微笑,就好像这美景一般,温暖得好像能将人心融化。

突然,一阵急促的蹄声自玉潭的桥头上传来,虽然声音尚远,但却已经引起了两人的警觉。

左侧的青年微微偏过头,半晌后,有些警惕地开口道:"只得一骑!"

另一名青年神色稍缓,应了一声,以示明确,也不再多言,只是将手悄悄地抚到了腰间佩剑的剑柄之上,提防着一切的可能。

两人交谈之声刚落,健马已经自转角那边荫绿转来,箭也似的冲上了桥头。

"来人止步!"两名护院大声喝问,却未见那来人有任何停留,一个呼吸的时间已经蹿到两人身前。

那是个极为俊美的男子,这人身着一袭白衣,如雪如云,手持亮银的剑鞘,根本不像是会杀人的剑客。

"这里是金枪堡,乃神刀门麾下,阁下还是规矩些为好。"护院青年双眉紧蹙盯着眼前的白衣剑客,沉声开口道。

白衣剑客轻轻冷笑,不予理会,说着就欲迈步而入。两名护院青年见状拔剑相向道:"来者何人,报上名来!"

"锵……"

白衣剑客缓缓抽出腰间佩剑,冷目而视,半晌后轻吟道:"浮萍漂泊本无根!"紧接着便猛地挺剑而出,左右挥削,招展风中。两名护院还未来得及反应,已被逼得连连回防。

"天涯游子君莫问!"白衣剑客打边说,紧接着剑锋猛地上挑,脱手而出,化为一道虹茫抛射而去。两人下意识横挡,双剑相交,两名护院的兵刃却应声断开,连人带剑一同滚倒在地。

正在此时,一个彪形大汉与几名护院急匆匆赶了出来,二话不说朝着白衣剑客抢攻而去,却都被轻易化解,眼见一击无果,彪形大汉这才怒吼道:"放肆,何人敢来我葬剑山庄撒野?"

"侠影迷踪知何处?"白衣剑客运气轻啸一声,右手捏个剑诀,脚踏七星,身形闪转腾挪间挥洒剑法,直逼得那几名护院一个劲地躲闪,霎时间险象迭生,可见其剑法精妙,可谓圆润自如,轻盈无双。

彪形大汉怪叫一声，朝着白衣剑客扑来，却被其随手化解，紧接着猛地一记勾脚将大汉踢开数步。只见白衣剑客脚尖轻点，身形瞬间拔飞掠起，长剑向天一抛，足有丈许有余，任凭其自由落下。

"潇洒一剑了无痕……"白衣剑客随手一引，剑自长天而下，笔直归回剑鞘。轻呼一口浊气，这才抬目看向那块金钩银划的大牌子——金枪堡！

"神刀门麾下……"白衣剑客深深凝视了半晌，双拳紧攥，眼中杀意更盛。

彪形大汉恐惧地颤音问道："你，你究竟是谁？！"

白衣剑客低笑一声，手中薄如蝉翼的剑映起淡淡剑芒，偏过头去一字一顿道："拜剑山庄，云月空！"

"拜剑山庄，云月空？"彪形大汉微微一愣，旋即脸色瞬间变得煞白，不断地往后爬着断断续续道："拜剑山庄大公子，曾经的天下第一剑，云月空？！"

"你知道我？"

"江湖传闻你早已死在神刀门那场浩劫中。"

"我云月空说过，会讨回来的。"

云月空似乎丧失了耐性，薄如蝉翼的宝剑瞬间刺死了那魁梧大汉，就在此刻院墙外也响起了刀剑相交的厮杀声。

"咣！咣！咣！"

锣鼓敲击而起，这是金枪堡预警的信号！从一高处的楼台响起，紧接着四面八方都喧闹了起来……

"有刺客！大家小心！"无数呐喊声此起彼伏地响起，金枪堡的弟子众多，眨眼间就已经有不少人冲着云月空掩杀而来。

"飕飕飕！"

那些金枪堡的弟子还未冲到云月空面前，只听一阵破风声连响，十数名白衣剑客鬼魅般出现，眨眼间就已与金枪堡弟子杀了起来。

这些白衣剑客剑法极为凌厉，一招一式完全是夺命的打法，而且每个人都杀气腾腾，身上充满戾气，金枪堡的弟子刚一交手，就已死伤惨遭。

云月空仿佛一阵轻快疾风，在敌群中不断穿梭，每次脚尖落地，便有一名金枪堡的弟子死在他的剑下。

慢慢地，这已不再是比拼，而是单方面的屠杀。很多江湖人这辈子都未见过如此残忍的场面，但那些白衣剑客却仿佛来自地狱，血腥气让他们更加兴奋起来。

预警的锣鼓依旧还在快速地敲击，却不知道金枪堡弟子死去的速度，甚至超越了击鼓的速度。

"来人啊，来人啊，快来人保护夫人啊……"

"啊！这是胡堂主，胡堂主死了呀，救命啊……"

"遍地都是死人，堡主呢？堡主神功盖世，让他来救我们啊……"

白衣剑客们的剑影交织间，一朵朵猩红血花不断绽放，金枪堡内惨叫连连，不绝于耳，甚至没有丝毫的间隔，此起彼伏，连绵不绝。

"放肆！"

兀地,一声怒吼自金枪堡深处传来,紧接着一道快似闪电的金枪已经抖了出来。

"退!"云月空招呼一声,身后跟着的十几名白衣剑客顿时收剑退避,行令禁止,毫不拖泥带水。

而先前那柄金枪不知何时,也已贯穿了一名白衣剑客的胸膛,气息全无已经死透。

那是个头戴金冠,身穿虎皮袄的魁梧中年人,腰间绑着一条蟒纹腰带,手持一杆极长的金枪,威武非凡。这人正是金枪堡的堡主,江湖人称金枪李。

"我李某似乎没有得罪过各位,为何要来我金枪堡大开杀戒?"金枪李瞧着满地死尸,早已气得怒发冲冠。

"因为你站错了队。"云月空轻轻一笑,手中薄如蝉翼的剑微垂。

身后十几名蒙面的白衣剑客也一样长剑斜垂,缓缓前行,他们身上皆有着滔天的杀意,那些围在身边的金枪堡弟子根本不敢阻拦。

金枪李双目一滞,显然瞧出了厉害,但却也不得不上,咬牙道:"好汉做事好汉当,可敢报上姓名?让老夫知道自己枪下亡魂姓甚名谁!"

云月空笑了笑,脚尖猛地发力,身影已经消失在原地,众人只觉眼前一花,他的剑就已经刺在了金枪李的胸膛上。

"在下血杀楼主,云月空!"云月空双手负在背后,没有去看金枪李的死相,仰望天地似是自言自语。

金枪堡弟子们恍然大悟，怪不得这些白衣剑客每一个都剑法如此高超，每一个都充满了血腥气，原来他们就是江湖中风头极劲的血杀楼！

"杀！"

白衣蒙面剑客们齐声呐喊，紧接着便如狼入羊群，手起剑落，再度将这片天地变成人间地狱。

"风雪崖，我很快就会去找你了！"云月空扫视着这地狱般的景象，目光泛寒。

一人一剑，云月空走了，留下的并非只是血腥气，还有身后的熊熊烈火，即日起，江湖中再无金枪堡！

第十章

三载春秋

素梨不见鬓边绽，
牡丹花开尘下埋。
无情最是月老线，
一头相系一头拆。

秋去冬来，旭日东升。

时间如白驹过隙，转眼已过了三年。

这三年生了不少事，江湖上也从未平静过，但受到影响最大的，自然还是身为江湖第一势力的神刀门。

惊龙阁内，风雪崖身穿锦衣坐在书案前，手中端着一杯茶，沉默不语，静静地等着。

他早已习惯卧龙生的不准时，他也想起来三年前自己也是这般等待。

"禀盟主，卧龙生到了。"金衣刀客斩风缓步走了进来，三年岁月让他更加意气风发。

"嗯，请他进来便是。斩风，我观你气色，看来这些年你的武功进步的确神速，已算刀中好手！"风雪崖有些惊讶地看着斩风道。

"不过是些皮毛，盟主见笑了，斩风这就去请卧龙先生。"斩风谦逊地抱拳道。

风雪崖点点头，示意请卧龙生进来。约莫等了半炷香的工夫，那手摇白纸扇的年轻俊俏公子哥就已经走了进来，三年岁月在他的脸上丝毫看不出痕迹,依旧是那般俊美。

"盟主多日不见,近来可还安好?"卧龙生坐在旁边,先是闻了闻杯子的茶香,这才满意地笑了笑。

风雪崖这三年过得实在不算如意,他仿佛苍老了十岁,曾经那般披靡天下的霸王姿态也已经被岁月磨平了棱角,留下的只有饱经风霜的沧桑。

"你这聪明人却总爱装糊涂,神刀门如今前有猛虎后有追兵,我又怎能过得安好?"风雪崖摇了摇头,黯然叹息道。

卧龙生闻言,掐指算了算:"当断则断,那血杀楼近年来小动作不断,搞得武林人心惶惶。而云月空的藏身之所,我早已在地图上为您标明过,盟主总是这般慈悲心肠,又怎能成就大事?"

风雪崖饮了口茶,沉默了半晌:"当年朝廷要灭我神刀门,我为了能保住地位而毁了拜剑山庄,已是不义。如今我若再杀了云月空,那便是不仁。"

"成者王侯败者寇,那又如何?此事他后自有后人评说。"卧龙生蹙了蹙眉,白纸扇骤然合上。

风雪崖端着茶杯沉思,却又将其猛地掷在桌上,站起身来长叹道:"我风某即便粉身碎骨,也不愿做这等不忠不义之辈。"

卧龙生见状,也不再多言,又换上了那副云淡风轻的表情,只是自顾自地喝着茶。

"我请你查的事可有眉目?"

"似三年前那般如出一辙。"

"朝廷已有决定?"

"迟则三月,快则下月便会发兵讨伐神刀门!"

风雪崖双拳紧攥,沉声道:"我风某自问一生坦然,神刀门也无做过有违天理的事情,怎么朝廷却偏偏就是放不过我?"

卧龙生笑了笑,盯着风雪崖双目道:"依旧是那句话,怀璧其罪。你一日不灭了朝廷,朝廷一日不会放过你。"

"难道已无化解之法?"风雪崖脱口而出,话一出口他就已经后悔了,这样的局面即便是三岁孩子,都知已是死局。

卧龙生站起身来,手中白纸扇猛地一指:"盟主,摆在面前的只有两条路,要么号召武林同道与朝廷决战,要么便洗干净脖子,等待三个月后被满门抄斩!"

风雪崖身子一震,如遭电击,想说什么却又没有开口。半晌后,才悠悠沉吟道:"兹事体大,再容我考虑考虑,我必须为所有人考虑。"

卧龙生闻言,面色剧变,第一次有些恼火地道:"前怕狼后怕虎,盟主这般未免太过小女儿作态,难道你就当真要看着神刀门被灭不成?"

风雪崖一愣,盯着卧龙生的双目,他很疑惑为什么这个从来不问世事的神算子对此事会如此上心。

"如今北方战事吃紧,大兵压境,即便是朝廷想要灭神刀门,也拿不出太多兵力。你贵为武林盟主,号召五湖四海天下群雄,组成虎狼之师,我们完全有一搏之力!"卧龙生有些激动,甚至说到最后都差点喊了出来。

风雪崖急得在原地走了两圈,这才略显为难地开口:"此番有劳先生，这事我还尚需考虑！"

"你……咳咳！"卧龙生心中大怒，刚欲开口却咳嗽不止，赶忙从怀中掏出手帕擦拭，却是一片片黑红的血液。

风雪崖大惊，赶忙上前："先生这是怎么了？是否身患顽疾？近几日恰巧有几名神医正在神刀门做客，不如我且请来给先生诊治？"

"不必了，盟主还是好好考虑自己的生死吧，七日后在下来听盟主的答案！"卧龙生神色有些慌了，一把甩开风雪崖的手，气冲冲地离去。

没人注意到卧龙生离去时的浑身戾气，那是种本不应出现在他这般俊俏脸蛋上的表情。

次日，藏剑庐中。

依旧是那般萧瑟的样子，一切都未曾变过，似乎在这地方，从来都是昏暗无光，度日如年。

"叮叮叮！"

六名剑奴摆着那精妙的剑阵，仿佛天上的七星北斗，剑影交织间卷起强烈的风压，仿佛千万柄利剑在身前穿梭刺戳。而正应对着这复杂剑阵的武者，正是风雪崖的左膀右臂，金衣刀客斩风。

"鲲鹏斩月！"

斩风咆哮一声，手中那柄漆黑细长的刀猛地劈了出去，这刀法至刚至强，已是夺命的杀招！

六名剑奴早已是活死人，只是凭借身体本能地运转剑阵，但却终究不能精妙地挡住这一刀！

"砰!"

空气中骤然爆发出一声闷响,那是剑气与刀锋相抵发出的咆哮声。

"拿命来!"斩风再度怒吼,身子自半空一扭,手中漆黑长刀顺势而动,朝着六名剑奴螺旋冲杀而去。

那刀很快,快到连风都跟不上它的速度。

甲子剑奴还未来得及作出反应,那柄刀已经狠狠地砍倒了它的胸膛上,顿时便流出了漆黑的血液。

剑奴并非不死之身,而是全身上下只有心脏一处是真身,因此先前沈无眠出剑时,甲子也曾选择抽身避开。

只是这一次,他已避无可避。

"扑通!"

漆黑的血液淌了出来,甲子的身体顿时如同早就烂掉的枯木般直直地摔在了地上。

"锵!"

另外五名剑奴齐剑而出,朝着斩风刺去,那剑法极慢,但五名剑奴互相弥补,已封死了上下三路。

"你们这些死物,休要猖狂!"斩风猛地伏下身子,手中漆黑细长的宝刀以刁钻的角度自空隙中连连刺出,等他抽刀时,五股早已发臭的漆黑血水淌了出来。

五名剑奴的目光已经涣散,皆似先前甲子那般,身体狠狠地摔在了地上,毫无任何反应。这天地间留下的,只有发臭的黑血罢了。

"斩风，做得不错！我这六具剑奴当你的磨刀石已有十年，你今日终于胜了。"仙君般的笑声自藏剑庐内传出，紧接着那长相平庸的男子便已经再度出现，手上依旧拎着那柄竹剑。

斩风赶忙屈膝跪地，恭敬道："承蒙主人指点，主人大恩对我有如再造。但凡主人有命，斩风赴汤蹈火，万死不辞！"

"风雪崖如今是什么意思？"剑主抬了抬手，一股无形的劲气已经将斩风猛地扶了起来，这等内功，堪称绝世。

斩风赶忙应道："禀主人，风雪崖总是妇人之仁，每次属下问他是否要号召武林对抗朝廷，他都沉默不语。"

剑主闻言，冷哼了一声，明显有些不悦。斩风还以为是自己说错了话，赶忙接道："这风雪崖未免太过优柔寡断，这武林盟主可是主人送他的，否则他当年早就死在鬼笑崖了。"

剑主却是微笑摇头，随手隔空摘了一片落叶，在指尖轻轻将其揉碎："不愿对抗朝廷，还是因为不够恨！既然如此，我便帮他一把，我要将风雪崖心中对朝廷的恨彻底勾出来！"

"主人想要如何做？"斩风看着剑主，谨慎问道。

剑主微微一笑，一字一顿道："素水心，那是他最大的软肋！"

斩风闻言，手中比了个掌刀的手势，意思是否要除掉素水心。剑主自然微微点头，表情很是满意。

"斩风明白，属下这就去！"斩风得到准许，立马抄起刀转身欲走。

"飕！"

兀地，一道银色的令牌射了过来。

斩风顺手接过，那令牌上刻着一柄剑，一柄很普通的剑。

"你且记住，这块牌子乃是我的信物，日后你若是见到，便知道是我。"剑主如是吩咐道，语气又恢复了死寂般的枯木无波。

"是！"

斩风将那块银色令牌揣进怀中，却没有去问为什么。剑主从不说废话，不做无用之事，这么多年来，他已很清楚剑主的性子。

斩风走了，剑主再一次回到藏剑庐中，这片萧瑟的空间再度恢复了那死一般的沉寂氛围。

天刚破晓，晨雾初凝，四周尚还弥漫着灰蒙蒙的白。昔日巍峨连绵的秦岭山脉此刻也在那葱郁之上笼罩了一层银纱，暮光轻洒，更显缤纷。

山脚下有一条曲径，那是通往山门的栈道，在那些连绵起伏的石阶上，本刻画着无数兵刃铁器的痕迹，而此刻却都已被这场雪掩埋不见。

秦川逐雪，剑意无痕。

"叮铃铃！"

清脆急促的铁铃声缓缓自山脚下响起，那是马铃声。就在这时，暮色中兀地蹿出一匹健马，这马通体雪白，肌肉匀称如珠，四蹄皆呈玉色，神驹名唤玉蹄飞龙！

马上共乘了一男一女两人，男的剑眉星目，面如冠玉，脸颊犹如刀削，生得一副好面孔。女的柳叶弯眉，凤目樱唇，亦是倾国倾城之貌。

那男人背负着一柄剑，那是个很古朴的剑鞘，并无特别之处，但其中隐隐透出的锋锐感却证明了这柄剑的不凡。快马加鞭下，两人一骑如似飞箭般御马驰骋在苍茫雪原里……

一时三刻后，到了一方乱石岗，只听得骏马长嘶一声，马鬃飞舞，马上之人借力跃起。

这男人自然便是沈无眠。

这女人自然便是素水心。

"父亲，孩儿回来了。"沈无眠勉强笑着，左手挽着素水心，右手牵着白马走向林子深处，一双眸子尽力向远方眺望。

几块山石垒砌的坟包，插着根满布风霜的粗木头。

沈无眠上前两步，轻抚着粗木头，上面还隐约可见当年浸入木头的猩红血渍以及那歪歪扭扭的几个大字。

关中大侠，沈凌风之墓！

这是当年七岁的沈无眠堆的坟堆，其实他也不知道之中埋的尸骨究竟是谁的，或许是父亲的，或许是焦三叔的，也或许是其他人的。

但沈无眠这么多年，每年都会来看看，说说话。他只当这坟堆当中埋的尸骨就是自己父亲的，毕竟这本就是念想。

三年前他来到这里还新堆了一座坟，埋了他的师傅六阳神医，他和素水心甚至还在这山上为自己二人挖了坟，沈无眠说他总有一天会睡到这里。

"沈郎，我去看看神医前辈他老人家，你且先与爹爹和焦三叔说会话吧。"素水心将带来的糕点贡品等各自取了一些，抱着向林子深处走去。

见素水心离去,沈无眠的眼中这才露出了几分轻松,随手将马鞍旁挂着的酒囊取下来,恭敬地跪倒在地,将酒倾洒在坟包周围,含泪道:"爹,焦三叔,这是你们最爱饮的桃花酿。"

言罢,沈无眠便自顾自地饮了起来,他每次来到父亲坟前,总会觉得有些内疚。因为他终究也没报了杀父之仇,不光是风雪崖,而是他一直都没有再见到过那柄漆黑细长的刀。

渐渐地,沈无眠也已经喝得有些迷糊,隐约间就仿佛身前站着两个中年男人。揉了揉眼睛,定神一看,那两名光影组成的男子,可不就是沈无眠心心念念的关中大侠沈凌风与人称铜皮铁骨的焦铜卫么?

"来,跟爹饮一杯。"

"爹!?"

"别找了,爹现在可是神仙。"

"爹!"

"哭哭啼啼像什么样子,喝酒!"

沈无眠再忍不住,猛地一口将酒囊内的佳酿牛饮而尽,还不忘哭喊着:"爹,我喝完了。爹,焦三叔,无眠长大了,能陪你们喝酒了。你们出来呀,出来呀!"

"……"

沈无眠凝视着那几块隆起的山岩,泛着苦涩的微笑,回忆着痛苦的过往。

而在林子深处,气氛却和这里不太相同。

素水心小心翼翼地拿着手帕擦拭着石碑上的风雪,地上早已摆满了各式各样的精致糕点，中央放着一个火盆。

这石碑是白玉雕成，上面龙飞凤舞刻着六个大字：六阳神医之墓。

"神医前辈，水心又来看您啦，无眠也在，等下他就过来了。"素水心清澈的双目望着石碑，温柔地开口。

"您知道的，他每次过来都得喝个大醉，恐怕等下又要抱着您又哭又嚷的，不过恐怕您老也早习惯了吧。"素水心从怀中取出了些许画着铜钱样式的黄纸，边在火盆中烧着边说着话。

素水心烧了一会，又偷偷瞧了瞧四周，这才抚摸着肚子，有些神秘的贴近石碑悄悄道："神医前辈，三年啦水心总算争气，这肚子里已有个小无眠啦。"

"您老可是天下第一神医，能不能帮我瞧瞧这肚子里到底是男儿身还是女儿身啊？"素水心用手帕遮着樱唇，偷偷笑着，她脸上洋溢出幸福的笑容。

三年的隐居，沈无眠的日夜陪伴让素水心彻底摆脱了儿时不幸的阴影。从她有了身孕的那天起，她就暗暗发誓绝对不会再流泪，她要让自己的孩子从诞生就生活在欢声笑语当中。

渐渐地，风雪大了起来。

冰亮的雪花在天地间肆意飘荡，冷得刺骨。

"飕！"

倏地，一道人影自素水心身后蹿了出来。

素水心转过头，映入眼帘的是个身穿朝廷盔甲的朴刀士兵，正朝自己凶猛冲来。还未等她躲，那柄闪烁着寒光的朴刀已经狠狠地刺入了素水心的胸膛。

"我的孩子……"素水心只觉得心口一阵刺痛，两眼发黑已经摔在白雪当中。

一抹殷红的鲜血溅在六阳神医的墓碑上，还未散开便已经被漫天的风雪冻住，渐渐掩埋。

"风雪崖，这次我看你怎么办！"身穿朝廷盔甲的朴刀士兵缓缓摘掉头盔，这人剑眉星目，正是刀客斩风。

而此时，沈无眠却还依旧一无所知，他正盘膝坐在自己父亲的墓前，大口饮着神仙酿。

沈无眠转眼已经喝了不少，甚至连走路都有些跌跌撞撞，当他再一次走到马鞍旁取酒时，一声暴喝打断了他。

"沈无眠，拿命来！"

一语落下，林子两侧的几堆积雪中，猛地平地蹿出了四道人影。这四人皆是身穿朝廷虎贲盔甲，光是看其手中的寒光闪烁，可以想象得到他们持着的兵刃有多锋利。

大惊之下，沈无眠一身酒意已经去了七八。

"锵！"

一声铁器的铮鸣自沈无眠腰间发出，秋水剑脱鞘而出，眨眼间沈无眠便已经蹿了出去。

沈无眠脚掌狠狠一踏地，因为力量巨大，地面的积雪顿时陷下去了一个坑，而他本人则是借力拔地而起。

"唰！"

刀光闪烁，一柄利刃擦着沈无眠的墨发横劈了过去，生死只在片刻之间。

沈无眠身形在空中一折，手中长剑向前一递，还未待人反应，许久未饮血的秋水剑已经染上了一层猩红。

"噗！"长剑直透一人心脏，那人应声而倒，陷在了白雪冰霜之中。

"沈无眠，你今日必死无疑！"另一人叱咤道，手中长刀接连而至。

"叮当！"

沈无眠手中长剑疾舞，脚踏七星，其形若游龙，轻似飞鸿。即便此时他酒劲未过，可杀几个武功粗浅的士兵也不过眨眼的工夫。

"噗，噗。"接连两声闷响，只见沈无眠手中秋水剑轻轻一扫，剑锋便割破了两人喉咙。

两股血柱一齐喷涌，其身形轰然倒跌在如似棉花的白雪上，一卧而眠，涓涓的殷红不断从两人喉咙中潺潺流出，染红了棉似的白雪。

"拿命来！"

仅剩的最后一人仰天嘶吼，手中长刀凌厉斩去，直取沈无眠首级。却也不见沈无眠提剑格挡，只是脚下轻轻一错，身子倚在雪地上，便轻松地躲过了这一刀。

刀扫过的同时，沈无眠手中长剑回扫，一招孔雀开屏反杀回去，眨眼间的工夫，那人已经开肠破肚地倒在了雪地中。

这一切，仅仅发生在电光火石之间。

"朝廷的虎贲甲士？"沈无眠缓缓站起身来，看着已经气绝身亡的四人，不禁有些疑惑起来，这些士兵怎么会来到这荒山野岭的地方，又埋伏在此袭击自己？

然而还未待沈无眠多想，他已如箭般蹿了出去，这些人能在此埋伏袭击自己，那不会武功的素水心呢？

沈无眠心中大惊，暗骂自己怎么如此大意，他速度的确很快，素水心先前足足走了十分钟的脚程，沈无眠眨眼便到了。

但沈无眠到的那一秒，他就已经后悔了，他宁愿永远看不到这一幕。素水心已经躺在了白雪当中，身上已经覆盖着些许雪花冰粒，猩红的血水溅了满地，都已冻成了红色的血花，那般凄清。

"不！"沈无眠悲呼一声，猛地冲了过去抱起来素水心，高声呼唤着。

素水心的身体都已快被冻僵，哪里还有什么反应，沈无眠一颗心缓缓沉入了谷底。

"不，绝不！"沈无眠狂呼着，将素水心靠在六阳神医的墓碑前，紧接着双掌运起十成的内力猛地击在素水心后心，滚滚白烟升腾起来。

"噗！"

素水心一口黑血喷了出来，苍白的脸颊缓缓有了些红润之色。

"我死了吗？"素水心含着鲜血，口齿不清地道。

沈无眠见确实有效，更加拼了命的运功："不，水心，我绝不允许你死。"

言罢，又是一股精纯的内力打出，素水心只觉得浑身都暖洋洋的，这才有了些精神。

"沈郎，别白费力气了，我肯定是活不成了。"素水心瞧见自己胸口那深可见骨的刀伤，刚刚有神的目光再度涣散下来。

沈无眠只是疯狂输入着内力，对素水心的话充耳不闻。素水心有些悲凉地笑了笑："沈郎，你能陪我这三年，我已很满足。"

"我要你陪我一辈子！你答应过我的！"沈无眠额头的青筋都已暴了起来，浑身痉挛着，汹涌的内力如浪潮般不断输送进素水的体内。

素水心却摇了摇头："你不是说过吗，我们为自己挖的那个墓，迟早要住进去的。"

话还没说完，素水心身子一软，已经再度摔在了沈无眠的怀中，她胸口缓缓不断有血流出，眼瞧已经快要断气。

"活下去，我求求你活下去！"沈无眠早已慌了阵脚，他从未想过三年前的痛苦他还要经历一次，而且是在六阳神医的墓碑前。

素水心口中不断往外淌着血，她用尽了全身的力气想要说话："沈郎，我本想以后再给你讲，我怀了你的骨肉，只是如今恐怕，恐怕……"

话未讲完，素水心已经咽了气，她那双清澈的双目却依旧痴痴地望着沈无眠，到死都是温柔之色。

"水心！"沈无眠疯了般地将内力输送，但却已经起不了半点效果。

沈无眠的内力的确深厚，不仅自己从小练武得天独厚，后来又得到师傅的一生功力。但内力并非万能的，他也终究不是六阳神医。

风雪越下越大,沈无眠的心也彻底凉透。

一座新的墓堆立了起来,上面没有刻素水心的名字,而是写着沈无眠夫妻之墓。

沈无眠跪在风雪之中足足待了三天三夜,直到漫天的大雪将他快要掩埋,他才肯动弹。

"水心,我不会让你孤独太久的,等我。"沈无眠痴痴地望着墓碑,他似乎说这句话了用尽了一生的温柔。

大约半个时辰,沈无眠牵着马缓缓走出了林子,望着漫天飞雪,眼中只有如潮般的杀意。

"嘶!"

白马猛地仰天一声长嘶,四蹄如风卷,马鬃飞舞间,驮着那一道健影飞速掠去。

鹅毛大雪片片洒落,巍峨的山脉就如同广阔的天地,不会因为谁而改变,也不会为了谁而改变。

沈无眠一路奔到了神刀门,这件事情迟早风雪崖都会知道,而如果想要报仇,他必须借力。

果然,风雪崖在听到素水心惨死在士兵刀下的事后,几乎发疯。作为父亲,他没有责怪沈无眠,因为他知道沈无眠对素水心的爱有多深。

风雪崖得知这件事的第二天,便已放出了震惊武林的大消息,朝廷派出虎贲甲士两千,欲灭神刀门上下,择日讨伐!

正所谓唇亡齿寒,若是神刀门亡了,对江湖中那些七七八八的门派更加不利,一时间大家都有些担忧,甚至不少名头极劲的大派，也都自愿前去助拳。

这些日子，神刀门可是极为热闹。

惊龙阁内，风雪崖挎着红尘刀，端坐在当中。而他身旁，足足坐着十三名老者，无一不是江湖中的泰山北斗。

"先前徐某不知神刀门要遭此大劫，这才来晚了些时日，还望盟主恕罪。"一名枯槁的老者充满歉意地开口道，他的身材细长，手掌如鹰，一眼便知是个高手。

"徐掌门不必如此，怎么样？神鹰岭的兄弟们到了多少？"风雪崖挥了挥手，急忙询问道。

那枯槁老者闻言，似是有些自豪地应道："盟主，神鹰岭精英弟子共二百三十六人，我此番足带了二百人前来助拳！"

"如此甚好，风某在此先谢过徐掌门大义！"风雪崖闻言双目一亮，要知道这些精英弟子的功夫，若是跟虎贲甲士打起来，个个都足以以一敌二。

剩下那十二名老者闻言，也是各自接连开口。

"潼关铁拳门百名门人尽数已到，全凭盟主指挥。"

"万花谷的弟子已在路上，明日便到。"

"我漕帮弟子已尽数埋伏在半山腰，只要那朝廷来犯，便先让他死伤一半！"

风雪崖听着众人接连发话，心中大感欣慰，这些天来一直紧绷的身子也不禁松了几分。

"飕！"

沈无眠鬼魅般出现在屋内，这身法惊呆了众人。

此刻这屋里坐的每一个人，都代表了一种武学门类的最高境界，但却都没有看到沈无眠是如何出现的。这般武功，这样的年纪，又怎能不让人震惊？

"爹，神刀门天地玄黄四大堂的兄弟已尽数埋在山里，以烟火为号，现在只等朝廷来了。"沈无眠一身戾气，从他脸上已找不出任何表情。

他此刻就仿佛回到了十年前斩杀江南四大贼王时的自己，毫无痛感，毫无波澜，他不是沈无眠，他是腥风剑客！

风雪崖拍案而起，欣慰道："此番诸位前来助拳的大恩，风雪崖记下了，若是真能够击退来敌，为我小女报仇！日后但有所求，风某定当竭尽全力，赴汤蹈火！"

众人又是一阵寒暄，沈无眠却悄悄退了出来，一个人坐在惊龙阁顶，望着天空。

"水心，我定为你报仇！你等我，待此番事了，我便去陪你！"沈无眠目光冷冽，呆呆地望着。

他永远都记得洛阳城中的妙音坊，他从七岁开始便为了报杀父之仇行走江湖，二十岁的他杀光了江南四大贼王，成为江湖人尽皆知的腥风剑客。

但在此之前，他每每难以入梦之时，因为手上沾染太多鲜血而厌倦的时候，他都知道自己还有个人陪着，自己并不孤独，从那个时候开始，素水心就已经是他生命的全部意义。

自己的杀父仇人是素水心的父亲，沈无眠当时只觉得晴空霹雳，仿佛上跟他开了一个很大的玩笑，殊不知上天给他准备了更猛的惊雷。

素水心终究还是死了，第二次死在自己眼前，第二次死在六阳医仙眼前，一切都是那么讽刺，天道轮回，这似乎是谁都无法打破的枷锁。

"命里有时终须有，命里无时莫强求……既然每个人都逃不过天，又何苦要活得如此拼命？"沈无眠有些感慨地叹息，一时间只觉得苍天好远，那是比生与死还要远的距离。

莫问峰上，云浪卷碧空。

这地方似乎从来都是鸟语花香，世外桃源。

卧龙生躺在一块光滑平整的山石上，脚边冲着山泉溪流，不知道在想着些什么。

"主人。"

越发美艳动人的长歌手捧一套干净的换洗衣物轻轻放到卧龙生身边，他知道卧龙生不会在她面前换任何衣物，似乎除了他那张俊俏的脸庞外，剩下的皆不可见人。

卧龙生轻摇白纸扇，仰望天际："天地不仁以万物为刍狗，你说这苍天到底是好是坏？"

长歌闻言一愣，接着有些苦涩地笑了笑："主人最近变得越发多愁善感起来。"

卧龙生瞧了眼长歌，用白纸扇轻轻挑起她绝美的脸庞，轻佻道："我的长歌今日可是有心事？"

长歌咬了咬唇，接着微微摇摇头，没有开口。

卧龙生只觉得更加有趣，注视着长歌的眼睛认真道："天下人都骗不了我，你也不行。"

长歌凤目含泪，突然在地上狠狠地磕了几个响头，抽泣道："主人，长歌自小便被你带到这莫问峰中，已侍奉您多年，或许是我愚笨始终入不得您法眼，长歌想……"

卧龙生眉头蹙了起来，沉声道："你想如何？"

长歌磕完响头，这才站起身来，微微欠身道："长歌想下山去游历江湖，看看这莫问峰外面的景色。"

卧龙生白纸扇轻摇，问道："你当真要走？"

长歌点了点头，晶莹的泪珠挂在脸上，楚楚动人。

卧龙生俊俏的面孔似是突然有些伤感，整个人靠近了长歌，柔声道："人各有志，你早已还清了我养你的情分，要走我不会强留你，我能再吻你一次吗？"

长歌有些感激地看着面前这个俊俏的书生，不由分说地迎上前去，烈焰红唇猛地印在了卧龙生嘴上。

卧龙生似乎也动情了，如胶似漆，两人紧紧相拥着，互相索取着唇间的爱意，良久后，两人的唇才分开。

"长歌，你知道吗？"卧龙生突然贴在长歌耳边温柔地发问。

长歌还没从刚才的快意中清醒，不禁一愣问道："知道什么？"

"我最恨背叛我的人！"卧龙生的声音突然冷了下来，还未等长歌回答，他的牙齿已经狠狠地咬在了长歌粉嫩的脖颈上。

"啊……"

突如其来的疼痛让长歌想喊，但嗓子却根本叫不出声，只是嘶哑着重重地喘气。

卧龙生的嘴角已经渗出不少血渍，大口猛吸着鲜血的他，似乎脸上都隐隐有了些许红润光泽。

长歌的脸色越发苍白，挣扎的幅度也越来越小，卧龙生不依不饶，约一盏茶的工夫，长歌的皮肤都已经瘪了下去，似乎只剩下骨架。

"哈哈哈，顺我者昌，逆我者亡！"卧龙生猛地张开嘴扬天大笑，溅出雾般的血花。

话音未落，卧龙生已经一跃而下，脚尖连连自山岩上借力掠起，踏风而行，轻功十分高明。

江湖中从来都说卧龙生是个神算子，却从没有人知道卧龙生会武功！

卧龙生走了，莫问峰上留着的，只有那被活活吸成干尸的长歌，但却没有人注意到她嘴角挂着的微笑。

终 章

尘埃落定

少年试剑黄金台，
满城墨云倏尔开。
青山犹把青冢送，
传说天地亦尘埃。

次日，破晓。

晨鸟吱喳，空气丝丝清冷，雪花依旧在飘，似乎想要将整个秦岭都掩埋。

而神刀门今日，早早已来满了客人。

风雪崖身居大殿最高的台阶之上，左侧站着沈无眠，右侧站着斩风。而几人身下，则是熙熙攘攘的天下群雄，今日各大派都已到了，神刀门似乎还从未如此热闹过。

风雪崖俯视台下千百英雄，心中一阵感慨："客气的话，我便不再说了，只是希望各位既然来此助拳，便摒弃门户之见，合力抗敌！"

"但凭风盟主调遣！"台下熙熙攘攘的英雄好汉此时此刻却回答的格外统一，有时候这些走在刀尖上的江湖人凝聚力比军队更强。

今日的神刀门，方圆二十里尽皆设有哨卫，漫天风雪之中放眼望去，大大小小的火盆上千个。甚至在半山腰还有备好的滚木雷石，只等朝廷的虎贲甲士来犯。

"诸位，让我们干了这碗酒！"风雪崖举起一碗美酒，大声招呼道。

沈无眠是第二个举起酒碗的,他明白这代表什么,饮了这碗酒,便动手去找朝廷报仇!大殿内的群雄此刻也拿着分好的美酒,人手一碗高举过头顶齐声呐喊着。

"飕!"

兀地,一道劲风猛地将风雪崖手中的碗击碎。

还未待众人反应,笑声已经自殿外传了进来。

"风雪崖你要当这群龙之首,可问过在下的意见?"卧龙生一袭布衣,摇着白纸扇从门外飞身而入。

在场之人一片哗然,毕竟虽然大家都知道卧龙生是江湖诸葛,但当着众人之面如此驳武林盟主的面子,倒也实在不像智者所为。

在场只有两个人心惊,那就是风雪崖与沈无眠,两人都与卧龙生打过不少次交道,但这人绝非如此莽撞之辈,更何况这文弱书生怎么突然间便会了武功?

"风雪崖并非定要当这群龙之首,只是大敌当前,有主事者才好将人手统一调配罢了,既然你不同意,不妨将你心中的人选说出来。"风雪崖冷哼一声,双目如刀直勾勾地盯着卧龙生,这次行动是为了给女儿报仇,他绝不能将大权让出去。

"不错,既然卧龙生你说风盟主没有资格,那不知这当今武林,还有谁能担此大任?难不成是你这书生?"神鹰岭掌门徐老头这时站出来不屑地开口道,言语中尽是讽刺。

卧龙生闻言哈哈大笑起来,接着手中白纸扇猛地打开,杀气腾腾地道:"不错,在下正是要毛遂自荐!"

此言一出,四座俱惊,半晌后所有人都笑出了声,一个读书的秀才竟然要来争武林霸主,难不成是脑子坏了?

"放肆!"斩风再忍不住,大喝一声,他缓缓抽出了腰间的佩刀,那是柄漆黑细长的单刀。

沈无眠瞳孔骤缩,这把刀在他梦里曾无数次的出现,漆黑细长的刀身,略窄微弯的刀脊,那正是当年斩下他父亲沈凌风和焦三叔头颅的黑刀!

一霎间,沈无眠仿佛回到了那个梦境,他死死地盯着那个头戴斗笠的黑衣神秘人,将身高体型与斩风作对比,果然相像!

"今日,我便要当这个武林盟主!"卧龙生阴冷一笑,从腰间拿出一块银色的令牌,上面刻画着一柄普通的剑。

天下群雄见了无不发笑,心道这般简陋的银牌也好意思拿出来亮?在座的无不是江湖上有头有脸的人,这般的令牌便是给出十个百个,也不会心疼。

正欲出手的斩风见到那令牌,浑身一震,心中大惊。因为卧龙生取出的那道令牌,与先前剑主给自己的那块一模一样。回想起先前剑主特意交代,斩风又抬头看了看卧龙生,一瞬间有些失神。

剑主,就是卧龙生?!

"我看这偌大的江湖武林,却也没人能接我一剑!"卧龙生从怀中掏出一柄竹剑,语气极为狂妄,但他的表情却依旧万年不变,轻松淡然。

斩风看到那柄竹剑,心中已有了答案,因为那是剑主常年拿着的，他见过很多次。

"老夫纵横江湖数十载，还未见过如此狂妄之人，便让我来接你一剑！"泰山剑派掌门石惊天迈步而出，手中一柄宽脊大剑横空扫出，整个人已化作旋风朝着卧龙生杀去。

泰山剑派石惊天，这已是排的上名号的剑客，这一剑也的确迅猛，并非一味地猛攻，而是刚柔并济，令人无从防备。

只可惜，石惊天遇到的是卧龙生，他还有另一个身份，那就是曾经打遍天下无敌手的剑主！

面对这旋风杀招，卧龙生面不改色，只是轻轻提了一下竹剑，紧接着令众人心惊的场面便已出现。

"噗噗噗噗！"

石惊天手中的剑瞬间折断，紧接着全身上下在半空中不断地颤抖着，仿佛被人钉在半空用剑刺，每刺一次，石惊天身上都会喷出大股的鲜血。

鲜血雨一般下，半晌后，石惊天终于落了地，不，应该说是他的尸体终于落了地。卧龙生分明只是提了一下竹剑，但石惊天浑身上下竟然出现了上百个血洞，死状惨不忍睹。

"嘶……"

在场的所有武林豪杰都倒吸了一口凉气，就连风雪崖都心中狂跳，他根本不知道这文弱书生何时变得这样强。

只有沈无眠没有动，他的双目死死地盯着斩风，没有离开过分毫，原来自己的杀父仇人，一直都在。

"放肆！"

斩风大吼一声，手持漆黑细长的单刀骤然斩出，那是极为迅猛的一刀，声势甚至压过了先前泰山剑派掌门。

就在众人要看这风雪崖麾下第一猛将与卧龙生火拼时，却只瞧斩风的漆黑单刀突然转了个弯，朝着风雪崖狠狠劈去！

"叮！"

铁器相交碰出无数火花，秋水剑挡在了风雪崖身前。

"你这杂种，坏我大事！"斩风怒骂，显然没想到这突如其来的一刀竟被沈无眠挡了下来。

沈无眠根本没有多说废话，猛地蹿了过去，手中秋水剑顿时分化无数剑影，朝着斩风狠狠刺去。

"当年就该杀了你这祸患！"斩风手中漆黑单刀骤然扫出，刀法圆润如意，防的固若金汤。

"这世上可没有后悔药可吃！"沈无眠闻言心中更怒，手腕一抖，秋水剑耍得更快。

斩风瞧出这招的厉害，向后翻身躲过，既而又挥刀杀了上来怒啸道："何须后悔药，今日便再杀你一次！"

两人出招都是极快，仿佛是两阵来无影去无踪的风，每一次停顿都是兵刃相交，紧接着又再度身形穿梭起来。

而除了两人的打斗外，风雪崖与卧龙生的决斗似乎更受关注。

"卧龙生，你就是剑主吧？"风雪崖手持红尘刀，那几朵妖艳的花瓣似乎活过来一般，淡淡的红光流转着。

卧龙生只是身穿素衣，缓缓举起了手中的竹剑，在这一刹那，他整个人的气势已经骤然升腾起来，就仿佛自身就是一柄能够刺破苍穹的利剑。

"我不明白,你是剑主,也是卧龙生,当年你纵横江湖独孤求败却选择退隐,如今为何又要大费周折抢这个风头?"风雪崖依旧没有动手,他在等一个答案。

这武林盟主当年就是剑主给的,如果他想当,自己根本没有半点关系,可为何如今他又要抢回来?

卧龙生没有开口,只是猛地刺了一剑。这次所有人都看清了他是如何出手的,他只是拿着竹剑在空气中乱戳,但凌厉的剑气却激射而出,就连白玉石柱被这剑气碰到,都会直接钻出一个孔。

"红尘怒!"风雪崖没有丝毫留情,手中红尘刀带起万丈虹光,猛地劈了出去。

这一刀声势浩大,红尘刀不愧是天地至宝,刀中至尊。红尘刀法一出,几乎是瞬间便将剑气连破三层。

"有意思!"卧龙生轻轻一笑,脚下猛地发力,眨眼间竹剑就已经攻到了风雪崖胸口前两寸。

风雪崖大惊,汹涌的内力激荡咆哮着,试图将其震飞。但剑主的修为是何等恐怖,手中竹剑向前递出,直直地在风雪崖肩上扎了个窟窿。

"砰!"

风雪崖脚步疾退,手中红尘刀边挡边打,若不是内劲将竹剑击偏,先前那一剑险些就要了自己的性命。

卧龙生似是有些无趣扫视着所有人,轻蔑笑道:"不然,你们一起上?"

天下群雄闻言皆是面如死灰,先前石惊天的下场那般惨烈,再加上强如风雪崖都败下阵来,他们哪里还敢有人再往前上一步。

"斩风,拿命来!"

沈无眠突然高呼一声,手中秋水剑瞬间刺入了斩风的心脏,刀剑对决,他终究胜在了"轻盈"二字。

斩风身形一滞,心脏被刺穿,手中再握不住刀,那柄漆黑细长刀摔落在地,冷冷作响。

"哈哈哈,沈无眠,别以为你就赢了我。你父亲的仇你报了,你妻子的呢?我告诉你,素水心也是我杀的!"斩风一边口喷鲜血一边哈哈大笑,仿佛已经疯掉。

"这么死,已是太过便宜你了!"沈无眠拔掉斩风胸口插着的秋水剑,鲜血箭一般射了出来。

斩风终于死在沈无眠的剑下,杀父之仇,杀妻之仇,沈无眠似乎是个不祥之人,但今天终于都做了个了结。

"剑主,接我风某这刀试试!"

风雪崖眼中杀意纵横,厉啸声如同九天玄雷般直冲霄汉,雪白的发髻飞舞,手中红尘刀瞬间后扬,自身所有的内力都已经夹杂在这刀当中。

"斩红尘么?"卧龙生终于也认真起来,手中的竹剑朝天上一抛,隐约间竟然分成百道千道青竹剑影,每一道剑影都附有穿透万物的锋锐感。

沈无眠从没想过会用秋水剑去杀剑主,但此时此刻他必须为了素水心而战,秋水剑铮鸣,剑柄前倾,那是绝杀一剑风雷逐月的起手式。

两股毁天灭地的恐怖内力自几人体内骤然爆发开来,就连神刀门大殿内的玉石门柱都仿佛一直在被刀劈剑砍般,爆出一团团耀眼的火花。

"斩红尘!"

"风雷逐月!"

沈无眠与风雪崖齐声咆哮,紧接着两人已分作左右两路朝着卧龙生攻去,这俨然是天下第一剑与天下第一刀的完美配合。

"锵!"

摧金断玉的脆响自大厅中刺耳响起,久久不绝。

两人千锤百炼的杀招,带着必胜的心态杀了出来,最终却不敢相信。卧龙生只是将竹剑举了起来,然后就挡住了秋水剑与红尘刀的合击。

"噗!"

好猛的内劲!

沈无眠与风雪崖几乎瞬间被倒射击飞回来,两人面色惨白,五脏六腑内的气血在不停地翻腾。

卧龙生的先前那一剑,已经不能够再称之为剑法,因为他太过于简单,只是将剑提起来格挡。但这样的卸力,又怎么可能卸掉两大绝世高手的联合杀招?

"这是什么剑法?"沈无眠喘着粗气,虚弱地问道。

卧龙生似是很孤独,沉吟了半晌道:"越简单的剑招往往越有效,捭阖剑法本就是一竖一横而已。"

"掸阖剑法！"沈无眠眼神一凝，默默地记下了这个名字。

"谁若不怕死，便尽管拦我！"卧龙生持着竹剑，一步步朝沈无眠走了过来，天下群雄皆不敢挡，生怕慢了半秒被那恐怖的剑气所伤。

"血杀楼主，云月空杀到！"

一阵白风自门外掠了进来，那是个俊俏的剑客，手持一柄薄如蝉翼的宝剑。

"云月空！"沈无眠瞳孔一缩，惊呼出声。

云月空看了眼沈无眠以及那瘫坐在地上的风雪崖，冷声道："风雪崖，待我灭了这个虎患，你我之间必有一战！"

兀地，二十七名白衣剑客猛地自大殿内跳了起来，每个人手中都握着一柄雪亮的剑，那是曾经代表拜剑山庄的宝剑。

"二十八舍星宿剑阵！"

云月空招呼一声，首先组成剑阵的左翼青龙星宿位，手中宝剑已抖出朵剑花围了上去。其余白衣剑客们纷纷效仿，身影穿梭，剑影交织，一个由二十八名绝世剑客组成的大阵莲花般朝着卧龙生杀去。

卧龙生咧嘴一笑，精通天下奇门遁甲的他，自然对破阵更有研究。更何况一力降十慧，这等剑阵他根本没有放在眼里。

"噗！"

卧龙生刚欲运气刺剑，没想到却觉得体内真气不通，这一运气竟然自己咳出一口黑血。

"怎么可能！"卧龙生心中狂跳，他想起了之前在莫问峰，他将背叛自己的长歌吸成了干尸时,她那种冷漠的眼神,如果是她体内的血中有毒……

还未等卧龙生思考清楚,那星宿剑阵已经逼了过来,卧龙生只能勉强运气提剑应对,一时间竟然险象迭生。

"攻!"云月空口中叱咤一声,手中薄如蝉翼的利剑瞬间刺出,余下二十七剑同步刺出。

卧龙生第一次被逼到暂避锋芒,边咳着鲜血边急退,云月空手中的长剑一扫,冲向卧龙生的咽喉。

这一剑极快,眨眼间已经将卧龙生的喉咙割破。

所有人都已经准备好了欢呼叫好,但理想中的血却并没有出现,反而是一张极为年轻俊俏的脸皮被割破,掉在了地上。

"嘶……"

所有人看向卧龙生,不禁吸了一口凉气。此刻所有人都明白为什么卧龙生可以青春永驻了,原来他早已是个油尽灯枯的糟老头,一直以来他都戴着人皮面具,看起来自然年轻无比。

"我的脸呢?我的脸呢?"卧龙生一下子慌了,他此刻这张真实的脸蛋已经没有一块完好的皮肉,甚至脸颊都已经开始腐烂。

沈无眠见到这一幕,再熟悉不过:"你这疯子,竟然将自己练成了似剑奴他们那般的活死人?"

卧龙生彻底气疯了,他隐瞒了一辈子的事就如此被揭穿,也不顾体内的血毒,张牙舞爪地与云月空等人拼杀起来。

"活死人?"风雪崖疑惑地催问。

沈无眠赶忙解释道:"对,将自己的肉身练成僵硬的干尸,这样就毫无痛感，全身上下不留破绽！"

"那岂不是不死之身？"风雪崖惊呼道，这世上竟还有如此邪门的武功，他前所未闻。

沈无眠愣住，回想起当日与甲子等剑奴交手的场景，似乎每次只有要刺到胸口时，他们才会变招避让。

"云月空，弱点在他的胸口！"沈无眠赶忙高呼指点道。

卧龙生听到，更加拼了起来，曾经纵横武林的剑主实力有多恐怖，尽管此刻有血毒侵扰，运不了真气。但光是凭借精妙的剑法，一柄竹剑已逼的连云月空在内的二十八名剑客不能近身。

"噗！"

云月空猝不及防下被竹剑扫到，瞬间左肩便被削去了一块血肉，染红了白衫。

卧龙生找准这个机会立马就欲蹿出来，但却被余下的白衣剑客拼命围杀回去，始终将他困在剑阵中。

"这样下去不是办法！"风雪崖看着形势变幻的战局，沉声道。

沈无眠自然知道，卧龙生迟早会破了这个剑阵，而他的血毒也在慢慢平静下来，一旦等到他将体内毒素逼出，整个武林便再无人能降他！

除非，有个内功已入臻境的绝顶高手愿意碎了丹田拼命一搏，抢在卧龙生排毒之前将其斩杀。而眼下这神刀门中，附和这条件的怕也只有沈无眠与风雪崖两人。

罢了，我为水心报仇，早已抱着必死的准备！

"爹，我……"沈无眠想到此，刚欲开口，却不料被风雪崖突然两指点了穴位不能动弹。

风雪崖挤出一丝笑容，巍然道："我这把老骨头，还顶用！"言罢，他猛地伸出右掌拍向自己的丹田。

"盟主不可！"台下有不少人惊呼劝阻，有的是神刀门的弟子，有的是风雪崖江湖上的老友。

风雪崖的丹田猛地被自己震碎，紧接着那几乎是崩天裂地的强悍气势破体而出，就连红尘刀都已经嗡嗡颤抖起来。

"解铃还须系铃人，卧龙生，接我一招斩红尘！"风雪崖豪气干云地长啸一声，他从未觉得自己此生这么精神过，只觉得四肢百骸都充满了干劲。

红尘刀激起万丈刀芒，夺天劈下，这开山裂石的一击让神刀门的大殿都仿佛地震了一般颤抖起来。

卧龙生面对那一刀，他知道自己已经无处可躲，他为了活命，将自己练成干尸，他畏惧生命，所以他根本不会有直面死亡的勇气。

"噗！"

红尘刀直直地穿过了卧龙生的心脏，刀身染血，果然干尸全身上下皆不可坏，只有心脏才是破绽。

"原来你早就知道自己要死，这才退隐江湖将自己练成干尸延长寿命。"风雪崖贴在卧龙生耳边低声道。

卧龙生自嘲地笑了笑："我竟死在了自己救活之人的刀下！"

"剑主，其实你每动手一次怕是都要付出不小的代价吧？否则你又何必扶我当上武林盟主！"风雪崖一语道破，两个人都想死之前心中有个明白。

"不错，我让你当武林盟主，就是为了等到今天，我只需出手一次杀了你，便可统领武林。"卧龙生已经有些气虚了，显然他那早已油尽灯枯的身体快将最后一点力气耗尽了。

风雪崖盯着卧龙生的双目："可我到现在都不懂，为什么朝廷要灭我神刀门。"

卧龙生闻言似是想笑，但胸腔的剧痛让他又笑不出口："朝廷根本没发过一兵一卒，是我听闻皇上有长生不老灵药，这才挑拨你们的关系……风雪崖，哈哈哈，所以说到头来我卧龙生还是骗过了所有人，骗过了整个中原武林，对不对？"

风雪崖不着痕迹地点了点头，他不得不承认卧龙生的确很聪明。

"风雪崖，你也会死，值得吗？"卧龙生双眼迷茫起来，他当了半辈子江湖诸葛，却终究没有看透生与死。

风雪崖盯着卧龙生，淡淡一笑："胜者王侯败者寇，他日自有后人评说。"

这是曾经卧龙生送给他的话，风雪崖此刻原封不动地还了回去，实在很是讽刺。

红尘刀猛地拔出，溅起一地黑血，风雪崖与卧龙生齐齐摔在了地上，生机全无。

"阿弥陀佛，风盟主大义，我等钦佩！"一名高僧住持掐了个法印，一边掐算佛珠，一边口吐莲花为风雪崖的英灵超度。

沈无眠用尽了全身的内力才将穴道冲开，等到他跑到风雪崖那时，他那伟岸的身姿已经倒在了地上。

"少门主，现在该如何处理？"神刀门的一名长老缓缓走到沈无眠跟前问道。

沈无眠闻言一愣，旋即看了看周围这天下群雄的脸庞，心中有些慌乱，他毕竟也不过只是一个功夫好些的剑客罢了。

突然间，他想到一个人。

"云月空，你的仇还要报吗？"沈无眠突然转头看向那一袭染血白衣的俊俏男子发问。

云月空一愣，心中又有些空洞。

是啊，当日杀了父亲的斩风，已死在了沈无眠手中，而神刀门的门主风雪崖，也已气绝身亡。

拜剑山庄的仇，该找谁报？

"善恶终有报，天道好轮回，不信抬头看，苍天饶过谁？水心曾对我讲过这番话，如今我转赠与你，希望你能放下。"沈无眠认真诚恳地说着，同时也缓缓登上了大殿内最高的台阶，那曾是风雪崖站的位置。

"在下腥风剑客沈无眠，我称呼风雪崖一声爹，不知神刀门是否支持我这个少主成为新任武林盟主？"沈无眠高呼一声，振聋发聩。

神刀门弟子闻言，毫无迟疑地拔刀挽了一朵十字剑花："神刀门上下，誓死拥护少主！"

天下群雄见到沈无眠势大，也只得跟着点头承认，毕竟神刀门依旧是江湖第一势力，而且腥风剑客的武功丝毫不弱于风雪崖，由不得他们不同意。

只是云月空的眼中有一些黯然神伤，曾经拜剑山庄的辉煌，再也不会重现了。

"好，即是如此，我便发布我出任武林盟主以来的第一条武林帖，也是最后一条武林帖！那就是将这武林盟主之位，让给血杀楼主云月空！"沈无眠非常认真地开口，掷地有声。

"万万不可，武林盟主怎能随意更改？"

"兹事体大，还望沈盟主仔细考虑！"

"胡闹！这可并非儿戏！"

一时间，众人的热议就炸开了锅，甚至连神刀门的弟子此刻也都有些懵，显然没有弄懂自己家这位少主心中的想法。

云月空站起身来，赶忙摇头道："这万万使不得！"

沈无眠蹙眉看着在场的众位英雄好汉，沉吟了半晌才开口道："诸位静静，让云大侠担任武林盟主，是在下经过深思熟虑的。武林盟主是福泽武林的，是四海五湖所有帮派的共主，即是如此自然是有能者居之。"

天下群雄静了下来，只觉得沈无眠这番话也有些许道理。

"云月空大侠曾是拜剑山庄大公子，从小便胸怀天下，而且此人剑法超群，胆识过人！难道这样的天骄之子，难道还不能当武林盟主吗？"沈无眠说得慷慨激昂，大义凛然，而且有条有据，头头是道，哪里像是胡闹开玩笑的样子。

"说来惭愧，拜剑山庄本就是在卧龙生挑唆下被神刀门覆灭的，如今我将这武林盟主之位，替我爹风雪崖传给他，这本就是种赎罪。"沈无眠一把拽过云月空,让他站在自己身旁。

"神刀门弟子,恭贺云盟主!"神刀门所有弟子突然间齐声呐喊,颇有气势,咆哮声直冲云霄。

台下的江湖侠士们见状也只得叹息,随声附和起来。

没人想过那一日会发生如此多的事。

更没人猜到沈无眠会将到手的武林盟主让了出去。

虽然说名利如过眼云烟,生不带来死不带去,可谁人又能真的不起贪念?

人终有一死,沈无眠只是提前悟透了这点罢了。

人不能总活在别人的看法里,沈无眠志不在此,于是他第二日天未亮,就已经带着风雪崖的骨灰离开了。

据说从卧龙生死的那日起,江湖中就再也没人见过腥风剑客。

有人猜他是在逍遥剑冢中参悟剑招,也有人猜他已睡在了素水心身旁的墓里,更有人猜江湖中或许本就没有腥风剑客,他只是那些老一辈的侠客编出来的传奇……